박후기

2003년 「작가세계」 신인상으로 등단했다. 시집 「종이는 나무의 유전자를 갖고 있다」 「내 귀는 거짓말을 사랑한다」 「격렬비열도」 「엄마라는 공장 여자라는 감옥」 「사랑의 발견」이 있으며. 사진산문집으로 「나에게서 내리고 싶은 날」 「내 귀는 거짓말을 사랑한다」 그림산문집 「그림약국」 장편소설 「토끼가 죽던 날」이 있다. 2006년 신동엽문학상을 수상했다.

옆집에 사는 앨리스

Living Next Door to Alice

박후기 장편소설

옆집에 사는
앨리스

Living Next Door to Alice

gasse •가쎄

검은 장화 속 같은 날들

1

검은 장화 속 같은 날들이었다. 아버지와 나는 비바람에 쓰러진 벼를 일으켜 세웠다. 내가 아버지의 일을 돕는 것은 얼마 전 엄마가 죽었기 때문이다. 진흙 속에 들어가려면 아버지 장화라도 신어야 한다. 이런 게 운명이다. 헐거운 장화 속으로 흙탕물이 들어오더라도 진흙 속에 빠져 있는 한 장화를 벗을 수가 없다. 벗어날 수가 없다.

더러운 옷을 갈아입고 나온 탓에 나는 약속 시간보다 늦게 역 광장에 도착했다. 멀리 비둘기를 쫓던 성규와 경호가 광장을 가로질러 내게 걸어온다. 토요일 오후였고, 칠월의 광장은 뜨거웠다. 배낭을 걸머진 경호는 한 손에 기타 케이스마저 들고 있다. 나는 기타를 꺼내 퉁기고 싶지만 참는다. 음악은 더 이상 참을 수 없을 때 시작되는 것이긴 하다. 적어도 경호는 더 이상 참을 수 없었다. 그래서 집을 뛰쳐나왔고, 결국 나와 성규에게 참는 법을 일깨우고 있다.

겁을 집어먹고 광장을 떠도는 개처럼 우리는 조금 불안했다. 눈빛은 알 수 없는 적의를 품고 있었지만 두 눈에 담긴 두려움을 숨기진 못했다. 그토록 증기선에 올라타고 싶어 했던 허클베리 핀의 심정을 누구도 내게 명확하게 말해주지 않았다. 이제 비로소 나는 이해할 수 있다. 몽둥이로는 도망치는 개를 막을 수 없다는 것을.

우리 몸을 묶고 있는 것은 대체로 힘없는 것들이다. 이글스의 음반은 경호의 마음을 묶어놓았고 새끼 염소와 은미는 성규의 몸을 묶어놓았다. 나는 아직 죽은 엄마의 유언에 묶여 있다.

자유를 얻었지만 어디로 가야 할지 몰라 한참을 대 저택 앞에 서 있는 책 속의 흑인 노예처럼, 우리는 집과 세상의 경계에 서서 막막함을 느꼈다. 막상 기차에 오르지도 못한 채 우리는 이탈한 궤도를 다시 수정한다.

저탄장 옆 철길 위에 위장막을 뒤집어쓴 야포가 화물열차에 실려 있다. 야포는 공장에서 나와 전장으로 향하고 있는 것이다. 만들고 부수는 일이 서로 다르지 않다. 30년째 휴전 중이므로 훈련만 하다가 야포의 일생이 끝날지도 모른다. 야포와 우리가 다르지 않다고 생각했다.

— 내 방으로 가자.

성규가 말했다.

우주왕복선에 오르는 우주인들처럼, 각오를 다지며 발사대에 등장했지만 우리의 발사는 연기된다. 야포처럼, 카운트다운만 하다가 생이 끝나면 얼마나 허무할 것인가. 우리는 발사, 그 한마디에 운명을 걸고 기다리는 숨죽인 포탄이다.

— 방학 때까지 일주일은 버텨야 해.

— 그래, 숨죽이고 있어라.

경호가 기타 케이스의 목을 끌어안으며 말했고 내가 짧게 대답했다.

떠나지도 못한 우리는 여유가 생긴 여행자의 포즈로 무더운 역 광장에서 한참을 서성인다. 경호는 집을 나오기로 작정했지만 성규와 나는 처음부터 경호를 붙잡기로 했다. 나는 떠나는 게 목적이 되어선 안 된다고 생각했다. 솔숲에 있는 성규의 방, 그곳이 궤도를 이탈한 우리가 잠시 머물게 될 장소가 될 것이다.

— 칼을 뽑았으면 무라도 썰어야 하는 거 아닌가?

경호는 기차에 오르지 못한 게 못내 아쉬운 모양이다.

– 칼을 니가 뽑았냐? 니네 아버지가 뽑았지.

성규가 어이없다는 표정을 지으며 경호를 놀려댔다.

미군 훈련장이 있는 솔숲에 성규네 집이 있다. 미군부대 정문에서 2킬로미터 정도 떨어져 있는 숲속엔 미군들이 훈련할 때만 사용하는 돔 형태의 조립식 막사가 몇 채 서 있었다. 성규네 집은 숲을 싸고도는 도랑 옆에 붙어있다. 창고가 딸린 벽돌집인데 낡은 외관 때문인지 마치 숲의 일부처럼 느껴졌다.

숲은 마을과 마을 사이에 놓여 있었다. 사람들은 훈련장 통제로 먼 길을 돌아다녀야 했다. 사람들의 불만이 폭발했고, 미군은 버스가 다닐 수 있도록 숲 가운데 길을 터 주었다. 그 길로 인해 솔숲은 남쪽과 북쪽으로 갈라져 두 동강이 났다. 물론, 밖에서 볼 때 솔숲은 소나무와 참나무가 빽빽하게 어우러진 숲일 뿐이다.

성규네 집은 길에서도 잘 보이지 않는 곳에 자리하고 있다. 숲의 가장자리였지만 흡사 만처럼 휘어져 들어간 곳에 있기에 오히려 숲의 중앙부와 가까웠다. 성규 방은 창고에 붙어 있다. 창고는 축사로 쓰는 커다란 비닐하우스 옆에 있었다. 검은 부직포로 뒤덮인 비닐하우스 안에 들어가면 흡사 동굴 속에 들어온 듯한 착각마저 들었다.

사람들은 솔숲을 무섭게 생각했지만 숲은 비교적 안전했다. 훈련장 중간에 두 개의 초소가 있었고 밤에도 경비원들이 숲을 지키고 있기 때문이다. 경비원들은 친절했고 가끔 성규네 집에 찾아와 물을 얻어 마시거나 삽을 빌려 가기도 했다.

　성규 누나는 미군부대 정문 앞 클럽에서 일을 한다. 성규는 그런 누나에 대해 이야기하는 것을 싫어했다. 취한 누나가 흑인 사내의 부축을 받으며 걸어가는 모습을 클럽 앞에서 몇 번 본 적 있지만 나는 성규에게 아무 말도 하지 않았다.

　－ 아버지가 소주 사 오래요.

　－ 술도 잘 안 마시는 양반이 술을?

　－ 엄마 약에 쓴다고.

　－ 그래, 술이 약이지.

　－ 마실 게 아니라, 약을 만드는 데 쓴다고.

　－ 알았으니 적당히 마셔라.

　미군부대 정문 앞 버스 종점에서 내린 우리는 근처 구멍가게에 들러 소주를 샀다. 성규는 아버지 심부름이라고 거짓말을 하고는 경호 배낭에 소주를 집어넣었다. 늙은 가게 주인은 알고 있다는 듯 성규 등에 대고 조금만 마시라고 말한다. 성규는 크게 신경 쓰지 않았다.

성규와 나는 산 너머 청동고등학교에 다닌다. 같은 반은 아니지만 학교에서 가장 친하게 지낸다. 1학년 때 교내 백일장에서 만나 친구가 되었다. 반 대항 백일장이었는데, 반 대표를 뽑아 시와 짧은 산문을 겨루게 해 우승자를 가려내는 대회였다. 전교 팔씨름왕을 뽑는 형식과 다르지 않았다. 물론, 심사는 지극히 주관적이었다. 그날 성규 담임은 성규가 1등을 했다는 소식을 전해 듣고는 교무실로 성규를 호출했다.

– 야 임마, 공부를 1등 해야지. 무슨 얼어 죽을 놈의 시를 쓴다고.

의자에서 일어난 담임은 타박에 가까운 말투로 성규를 나무랐다. 그리고 어깨를 두세 번 툭툭 치다가 갑자기 성규의 왼쪽 귓불을 세게 잡아당겼다. 담임은 성규에게 집안 사정을 먼저 생각해야 하는 게 아니냐며, 좀 더 공부에 집중하는 게 좋겠다는 말로 애매한 격려의 끝을 맺었다.

성규 아버지는 직업군인이었다. 몇 해 전 군인들이 반란을 일으켰을 때 강제로 예편을 당한 후 가족과 함께 친척 소유 땅이 있는 솔숲에 정착했다. 성규 아버지가 다리를 절룩거리는 것도 반란군과 총격전을 벌이다가 총상을 입었기 때문이다.

성규 아버지는 개 두 마리와 흑염소 한 무리, 그리고 성규 엄마의 울화병 치료를 위해 약으로 쓸 하얀 집오리와 토종닭

이십여 마리를 기르고 있다. 가축들은 서로 쫓고 쫓기면서도 대체로 평화롭게 지냈다. 가끔, 개가 오리나 닭을 쫓는 일이 있었지만 결코 물어 죽이지는 않았다. 오직 성규 아버지만 짐승들의 생사여탈권을 쥐고 있었다.

낮게 날아가는 비행기만 아니라면 숲은 정말 조용했다. 전쟁을 대비해 지어진 막사 또한 평화롭기 그지없다. 지루한 나머지 전쟁이라도 터졌으면 좋겠다고 말하는 경비원처럼 가축들도 도축 전야의 평화를 즐겼다.

앞날을 알 수 없는 건 짐승이나 인간이나 다르지 않다. 오늘을 살아내지 않고서는 비극이든 희극이든 내일을 맞이할 수가 없다. 어쨌거나 궤도를 이탈한 우리의 하루는 성규 방에 불시착하는 것으로 마무리되었다.

2

　나는 예민하지만 잘 웃는 편이다. 사람들에게 차갑게 보이지 않으려는 본능이 내게 있다. 미소로 드러내는 것에 불과하지만, 그러한 본능이 나를 궁색하게 보이게 할 때도 있다는 것을 알고 있다. 웃어야 한다는 강박관념 때문에 울어야 할 때도 있었다. 억지로 웃어야 하는 것만큼 서글픈 일은 없다. 미소는 내가 미군부대 노동자로 살아가는 아버지로부터 물려받은 생존 유전자였다.

일곱 살 때의 일이다. 낮에 녹은 눈이 다시 얼어붙기 시작하던 어느 겨울 저녁, 나는 퇴근하는 아버지를 마중 나갔다가 충격적인 장면을 목격한다. 부대 정문을 지키는 미군 헌병이 아버지의 어깨를 쥐고 흔들고 있던 것이다. 아버지는 영어로 무언가를 애절하게 설명했지만 미군은 들은 체도 하지 않았다.

— 하지 마요!

아버지의 어깻죽지와 가방을 번갈아 가며 흔들어대던 키 큰 헌병 앞에서 나는 울음을 터뜨렸다. 아버지는 엉성한 영어와 웃음을 섞어가며 위기를 벗어나고자 애썼다. 그러나 아버지를 위기에서 구해낸 것은 미군 팔에 매달려 울부짖던 어린 나의 절규였다.

양팔을 어깨 위로 추켜올린 미군이 제 몸에서 나를 떼어 놓으려 춤을 추듯 몸을 흔들었다. 미군의 몸짓이 동화 속 바보 거인처럼 우스꽝스러웠지만 나는 울음을 멈추면 안 된다는 것을 알고 있었다. 아버지가 나를 끌어당겨 안았고 거인은 한참 동안 내 얼굴을 내려다보았다. 나도 눈물을 흘리며 거인의 얼굴을 올려다보았다. 풀죽은 아버지 얼굴이 옆에 있었다.

거인은 도시락 가방을 아버지에게 돌려주었다. 그리고 부드럽게 미소를 지으며 내게 말했다.

— 메리 크리스마스!

나는 생전 처음 메리 크리스마스라는 말을 들었다. 그리고 미소를 배웠다. 그날 이후 나는 메리 크리스마스라는 말을 들을 때마다 축복을 받는 느낌이 들곤 했다. 그 말을 들으며 아버지를 구해낸 것도 축복이라면 축복이었다. 내가 아버지를 쥐고 흔들던 미군의 미소를 간직하며 살아갈 줄 몰랐다. 첫눈만 보면 나도 모르게 미소가 지어지는 이유, 그것은 나만 알고 있는 비밀이다.

　아버지는 식당 주방장이 건넨 구운 칠면조 고기를 들고 나오다 들킨 것이다. 가족을 위한 일이었다고 해도 옳은 행동은 아니었다. 규정상 아무리 사소한 물건일지라도 기지 밖으로 가지고 나가면 안 되었기 때문이다. 물론, 그 기준은 미군 헌병의 기분에 따라 달랐다. 언제라도 빼앗길 수 있는, 불안한 행복 같은 게 칠면조 고기였다. 입속으로 들어가기 전까지 칠면조는 누구의 것도 아니었다.

　그날 이후 나는 칠면조 고기를 먹지 않는다. 흔한 음식은 아니지만 기지촌 주변에서는 닭고기만큼이나 쉽게 구할 수 있는 게 칠면조 고기였다. 사람들은 칠면조 고기와 소시지 등 미군부대 식당에서 흔히 구할 수 있는 음식 재료를 한데 넣고 끓인 것을 부대찌개라고 불렀다.

　타조처럼 긴 다리와 큰 엉덩이를 가진 거인이 팔을 휘저으며 철조망 앞으로 아버지를 몰아붙일 때, 나는 처음으로 아버지를 불쌍하게 여겼다. 크리스마스이브였고, 눈은 내리지 않았지만 거인은 아마도 은총 같은 것을 떠올렸을 것이다. 나는 그날 사건을 계기로 사람 사이에 문제가 생겼을 땐 눈물이 효과적이라는 것을 알게 되었다.

그날 저녁, 우리 가족은 칠면조 고기를 먹을 수 없게 되었다. 아버지가 가방에서 칠면조 고기를 꺼낼 때, 나는 잽싸게 아버지 손에 들려 있던 칠면조 고기를 낚아채 개집 안으로 던져 버렸다. 깜짝 놀란 엄마가 손바닥으로 내 등짝을 때렸지만 나는 눈물을 흘릴 뿐 아무 말도 할 수 없었다. 엄마에게 아버지의 비굴을 고자질하고 싶지 않았다. 그해 크리스마스의 축복은 개집에만 내렸다.

- 자, 웃자!

말기 암을 선고받은 엄마가 죽기 한 달 전, 아버지는 평택극장 앞에 있는 허바허바사진관에 가족을 집합시켰다. 아버지는 누나와 내게 웃어달라고 부탁했다. 부탁한다는 말 속에 여전히 강요가 담겨 있었지만 누나와 나는 죽어가는 엄마를 생각해 고개를 끄덕였다. 그날 이후로 나는 그 모든 가족사진 속의 행복한 표정들을 믿지 않게 되었다.

미군 헌병 앞에서 풀죽은 키 작은 노동자에 불과했던 아버지는 가족들 앞에서는 언제나 거인처럼 행동했다. 아버지의 부탁은 최후의 명령과도 같았다. 나는 카메라 앞에서 억지로 웃었다. 반면, 누나는 입술에 잔뜩 힘을 준 채 울지 않으려고 버티는 기색이 역력했다. 퍽, 하고 플래시가 터지는 환한 순간에도 누나의 얼굴은 밝지 않았다. 의자에 앉은 엄마는 마치 누나와 나의 표정을 합친 것처럼 있는 힘껏 웃다가 어느새 주르륵 눈물을 흘렸다. 처음이자 마지막으로 찍은 가족사진이었다. 흩어지기 직전의 민들레 씨앗이 가장 둥근 것처럼 우리 가족도 흩어지기 직전에 비로소 잠시 둥글게 모였다.

병원에 딸린 장례식장에서 아버지는 굳이 엄마 영정 사진 옆에 가족사진을 올려놓겠다고 고집을 피웠다. 엄마가 고통스러워할 때마다 자리를 피한 아버지였다. 나는 아버지가 엄마의 고통스런 모습을 차마 볼 수 없기에 자리를 피한 거라고 생각했다. 누나는 달랐다. 분명 엄마가 귀찮아서 그랬을 거라고 단정해 버렸다.

나는 남자들이 왜 아내가 죽고 난 후에 비로소 죽은 아내를 사랑하게 되는지 알고 싶지 않았다.

– 밥 먹자.

– 생각 없어요.

– 아침 일찍 장지에 가려면 눈도 좀 붙여야 하고.

– 엄마가 죽었는데 밥이 넘어가요?

– 밥 한 끼 굶는다고 죽은 니 엄마가 살아 돌아온다디?

아버지와 누나가 벌이는 신경전 때문에 나는 엄마 생각에 집중할 수 없었다. 자꾸만 죽은 엄마에게 미안하단 생각만 들었다.

누나는 그날 끝까지 밥을 먹지 않았다. 아버지는 사람들에게 가련한 아내의 죽음을 대하는 지극한 남편의 자세를 보여주었다. 오래전부터 예견된 엄마의 죽음이었기에 누나는 갑작스런 아버지의 변화를 달갑지 않게 여겼다.

나는 아버지를 구하기 위해 큰소리로 울던 일곱 살 겨울의 크리스마스를 생각했다. 하지만 나의 울음이 그날 아버지를 구한 것처럼 죽은 엄마를 구할 수는 없다는 걸 알았기에 나는 울지 않았다. 우는 대신 나는 마당의 꽃밭을 생각했다. 엄마의 유일한 취미는 꽃과 이야기를 나누는 것이었다. 꽃에게 말을 거는 모습을 본 사람들은 엄마를 이상한 눈빛으로 쳐다보았다. 엄마는 꽃들을 대하듯 나를 대했다. 어린 시절 나는 달리아, 채송화 같은 꽃의 이름으로 며칠씩 살았다.

– 아버지를 부탁한다.

죽기 얼마 전, 엄마는 누나와 나를 불러놓고 간절하게 말했다.

죽기 전의 부탁이 얼마나 부담스러운 것인지 죽어가는 사람은 모를 것이다. 아버지에게 자식을 부탁해야 하는 건 아닌가 하는 생각이 들었다. 하지만 생각을 입 밖으로 꺼내진 않았다. 엄마는 아버지에게 재혼을 권했다. 엄마는 누나에게 미안하다는 말과 함께 동생을 챙겨야 한다고 부탁했다. 나는 울고 있는 누나 옆에서 걱정하지 말라고 대답하며 웃었다. 그리고 같이 울었다. 유언은 불조심 표어 같았다. 지키자니 막연했고 무시하자니 알수 없는 두려움이 몰려왔다.

오리고기가 담긴 솥을 들고 성규가 돌아왔다. 생피를 받아내기 위해 목이 잘린 오리의 몸뚱어리를 삶은 것이다. 나는 오리의 날갯죽지를 찢어내 집어 들었다. 퇴화된 집오리의 날갯죽지는 한때 생존을 위해 가장 필요한 부위였을 것이다. 천적으로부터 도망치거나 먹이를 찾는데 비상만큼 유용한 것은 없으리라. 굳이 먹이를 쥔 주인에게 길들여질 필요가 없는 무한 자유를 날개는 부여했을 것이다. 그러나 나는 법을 잊은 새의 날개는 인간의 손아귀에 잡혔을 때, 죽음의 손잡이 구실을 한다. 나는 거인의 손아귀에 어깻죽지가 잡힌 채 이러지도 저러지도 못하던 불쌍한 아버지를 떠올렸다.

성규 방은 우리의 아지트이다. 아무리 큰 소리로 떠들고 노래를 불러도 밖을 신경 쓸 필요가 없다. 사사건건 트집을 잡는 형 때문에 집에서 마음껏 기타를 치거나 노래를 부를 수 없었던 경호가 성규 방에서 지내는 것을 가장 좋아했다. 노래는 방안에 가둘 수 있는 게 아니었다. 경호는 처음부터 성규 방으로 가출할 생각을 하고 있었다. 차마 제 입으로 그걸 말하지 못하고 오히려 성규와 내게 기차를 타고 멀리 가겠다고 어깃장을 놓았던 것이다.

성규가 배낭을 열어 소주를 꺼낸다. 내가 잠시 생각에 잠겨 있을 때, 새끼 염소가 검은 눈망울을 반짝이며 귀를 쫑긋 세우고는 열린 방문 앞을 기웃거렸다. 나는 시를 적다 만 수첩을 찢어 새끼 염소 입에 물려주었다. 새끼 염소가 시가 적힌 종이를 물고 사라진다. 시인이란 시가 적힌 종이를 물고 도망치는 새끼 염소 같다는 생각이 들었다.

3

    나는 창고 옆 등 굽은 소나무 아래에 서서 오줌을 누었다. 경비 초소 불빛 아래로 뿌옇게 안개가 녹아내리고 있었다. 안개는 분무기에서 뿜어져 나오는 농약 같았다. 느닷없이, 농약을 뿌리다가 정신을 잃고 쓰러져 죽은 사람이 떠올랐다. 죽기 위해 세 번이나 농약을 마시고도 멀쩡하게 살아남은 사람도 떠올랐다.

    안개가 그렇듯 농약은 잡초를 구분하지 못한다. 그게 문제다. 잡초만 제거할 수 있다면 좋겠지만 제초제는 모든 풀을 말려 죽인다.

경비원은 잠들어 있을 것이다. 경비원의 임무는 숲을 지키는 것이 아니라 숲속의 미군 시설물을 지키는 것이다. 시설물이라고 해야 훈련 때 쓰는 막사 몇 동, 그리고 군용 트럭과 트레일러가 주차할 수 있는 공터 한 개가 전부였다. 그것만이 숲을 지켜야 하는 이유의 전부였다.

지퍼를 올리자 오줌을 맞고 출렁이던 풀숲이 다시 고요에 잠긴다. 풀숲에 들어가 잡초를 구분하는 일은 무의미하다. 쓸모없는 풀이란 없다. 풀의 기준에서 보면 그렇다는 말이다.

솔숲은 대낮일지라도 선뜻 들어서기가 무서웠다. 오래전 이곳에 주둔했던 일본군이 조선인의 목을 베어 죽였다는 이야기가 전해지기 때문이다. 일본군이 사용했던 기지를 한국전쟁 이후 미군이 접수해 쓰고 있는 것이다. 군 기지의 역할만 두고 본다면, 배역만 바뀌었을 뿐 역사는 되풀이되고 있었다.

사람들은 버스를 타고 숲을 관통해 지나다녔다. 숲을 바라보는 사람들의 시선은 숲의 나뭇가지를 비집고 겨우 내려앉는 햇살과도 같다. 호기심이 숲을 파고들었다. 그러나 버스는 숲에 서지 않았고 사람들은 숲을 만지지 못했다. 드문드문 박혀 있는 쇠기둥엔 'Restricted Area' 란 문구가 적혀 있었다. 철판에 붉은 글씨로 쓰인 영문이 '제한구역' 이란 뜻을 가졌다는 것을 알아보는 사람도 드물었다. 사람들에게 솔숲은 함부로 들어

가서는 안 되는 곳이었다. 하지만 누구도 그 이유에 대해 말하거나 알려고 하지 않았다.

성규 아버지의 기침 소리가 들렸지만 이내 짙은 안개 속으로 사라져 버렸다. 안개는 경비원보다 숲을 더 잘 지킨다. 잘 감추는 것이 잘 지키는 것은 아니지만 감출 수 없다면 지킬 수도 없는 것이다. 도둑의 손길은 어설픈 선의를 파고든다.

싸움을 잘하는 사람은 자기를 잘 숨길 줄 아는 사람이라고 나는 생각했다. 너무 멀리 떨어져 있으면 적을 칠 수가 없고 상대가 너무 가까이 있으면 몇 대 맞을 각오를 해야 한다. 나는 복서의 심정이 되어 숲속을 빙빙 돌면서 가끔 안개 속으로 팔을 뻗어 툭툭 잽을 던졌다. 오늘 밤엔 안개가 나의 스파링 파트너이다. 아침이 오기 전에 안개는 물러서는 법이 없다.

성규 아버지는 성규 방의 방문을 함부로 열지 않는다. 한때 군인이었다는 사실이 믿어지지 않을 정도로 명령과는 거리가 멀었다. 그는 오로지 자기 때문에 폐인이 된 아내의 병을 고치기 위해서 살아가는 사람이다. 성규 아버지의 정성을 절반만이라도 내 아버지가 가졌더라면, 하고 바라던 적이 있었다. 그러나 유전자는 내가 갖고 싶다고 해서 가질 수 있는 게 아니다. 시간은 거꾸로 흐르지 않으니까.

닭과 오리, 그리고 염소는 모두 성규 아버지가 아내의 병을 치료하기 위해 준비한 약재들이다. 병원에 가서 아무리 검사를 해도 아내의 병명을 알 수 없었던 성규 아버지는 결국 민간의학에서 화병 치료법을 찾아냈다. 집오리의 생피와 염소의 간을 주된 치료 약으로 썼다.

방에서 흘러나오는 경호의 노랫소리가 안개를 밀치며 숲속으로 퍼져 나간다. 성규의 목소리도 들린다. 앨런 파슨스 프로젝트의 〈Since The Last Goodbye〉란 노래였다. 우리는 앨런 파슨스 프로젝트의 노래를 정말 좋아한다. 경호는 앨런 파슨스 프로젝트의 노래를 들으며 가출을 결심했고 나는 그들의 노래를 들으며 우주와 시를 생각했다. 가사를 제대로 이해하진 못했지만 귀에 전해지는 느낌만으로도, 우리는 언제나 마음 안에서 이별을 겪었다.

'마지막 작별 인사를 하고 난 뒤, 모든 것이 잘못된 방향으로 바뀌었어요.'

노래의 후렴구를 따라 부르며 나는 안개 속으로 걸어갔다. 경비 초소와 막사 입구를 비추는 보안등 불빛 속으로 여전히 안개가 녹아내리고 있다. 안개는 제한구역을 빠져나간다. 제한구역이란 글씨도 안개에 지워져 보이지 않는다. 어느 방향으로 가더라도 앞이 보이지 않는 건 마찬가지이다.

나는 걸음을 멈추고 한 번도 가 본 적 없는, 프랑스 남부의 어느 해변에 대해 생각했다. 그리고 불어 선생이 수업 시간에 들려주었던 자끄 프레베르의 시를 떠올린다. 느닷없는 슬픈 감정이 안개와 함께 눈썹에 들러붙었다.

방으로 돌아온 나는 컵에 담긴 소주를 마셨다. 두근거리는 욕망이 마음속에서 꿈틀거렸다.

- 삶은 아름다운 거라고 꼭 말해주고 싶어요, 라고 말하며 꽃이 죽는다.

나는 침몰하는 배처럼 반쯤 무너진 자세로 프레베르의 시 〈3월의 태양〉 중에서 한 구절을 내뱉었다.

- 시를 골라도 꼭 저 같은 것만 골라요.

경호가 투덜거렸다.

경호 아버지는 경찰이다. 그는 입만 열면 무조건 공무원이 되어야 한다고 자식들을 독려했다. 대학 진학을 포기한 경호 형도 경찰시험을 준비 중이었다.

그러나 우리는 경호 형의 비밀을 알고 있다. 경호 형은 시험 공부 대신 음악다방에서 디제이를 하고 있었다. 경호마저 기타를 퉁기며 책을 놓아버리자 경호 형은 시도 때도 없이 화를 내곤 했다. 경호 때문에 자칫 자신의 일탈이 드러날까 걱정스러웠던 경호 형은 무섭게 경호를 다잡았다. 경호 아버지는 그런

장남의 모습을 매우 만족스럽게 생각했다. 경호도 일방적으로 당하지는 않았지만 타고난 서열을 뒤집을 수는 없었다.

경호는 형과 아버지보다 훨씬 더 고집스러운 면이 있다. 음악을 향한 경호의 열정은 성규와 내가 갖고 있는 시에 대한 애착보다 강렬했다. 성규와 내가 시를 통해 정신적 탈출을 시도했다면, 경호는 음악을 위해서라면 가출도 마다하지 않는 아이였다.

나는 아버지를 부탁한다는 엄마의 유언을 얼마간 지켜야 한다. 성규도 아픈 엄마와 그런 엄마만 생각하는 아버지를 두고 집을 벗어날 수는 없다. 하지만 경호는 공무원이 되어야 한다는 아버지와 형의 강권 앞에서 단 한 번도 예라고 대답한 적이 없다. 심정적으로 경호 편에 서 있는 경호 엄마마저도 공무원만큼 안정적인 직장이 없다는 남편의 주장에 적극 동조했다.

성규가 밖으로 나갔다. 은미를 만나러 가는 것이라고 경호가 말했다. 은미는 성규의 여자 친구였다. 은미네 집은 솔숲에서 그리 멀지 않은 힐 타운 끝에 있다. 힐 타운의 본래 이름은 말 그대로 언덕마을이다. 언제부턴가 마을 이름이 미군들이 부르기 쉽게 힐 타운으로 바뀌었다. 언덕마을 사람들은 미국에 속한 마을이라도 된 것처럼 힐 타운이라는 지명에 대해 자긍심마저 지니고 있었다.

은미는 교내 영어 웅변대회에서 1등을 차지할 정도로 공부를 잘했다. 웅변대회 때 은미가 들고 나온 스토리가 '이상한 나라의 앨리스'에 관한 것이었다. 그날부터 은미는 앨리스라는 닉네임을 갖게 되었다. 기지촌에 산다고 해서 모두 영어를 잘하는 것은 아니었기에 앨리스라는 닉네임은 은미에게 붙여진 일종의 칭송이었다. 은미의 재능을 시기하는 몇몇 아이들이 양공주 앨리스라고 불렀지만 은미는 신경 쓰지 않았다. 중3 때 같은 반이 된 성규와 은미가 반장과 부반장을 맡을 때부터 둘은 사귀는 사이가 되었다.

부모의 이혼과 복잡한 집안 사정으로 은미는 고등학교 진학을 포기했다. 성규는 그런 은미를 도울 수 없는 자신의 무능을 자책했다. 하지만 그것이 성규의 잘못은 아니다. 성규의 능력과도 상관없는 일이며, 은미는 누구보다 현실을 잘 알고 있었다. 성규와 은미는 만나는 순간부터 마음속으로는 이별을 생각하고 있었는지 모른다.

내가 은미를 처음 본 건 지난해 봄이었다. 중간고사 마지막 날 저녁에 은미가 성규 방에 왔고 그날 우린 많은 이야기를 나누었다. 또래 중에서 은미를 모르는 아이는 없었다. 하지만 은미를 직접 만난 아이도 드물었다. 은미는 문학과 음악에 관심이 많았다. 엄마와 별거 중인 아버지가 화가라는 말도 들렸다.

나는 은미를 만나는 성규가 부러웠다.

경호는 여전히 기타를 끌어안은 채 노래를 불렀다. 성규와 은미가 방문을 열고 들어온 건 밤 11시가 지났을 때였다. 문을 열자 차고 습한 공기가 방안으로 밀려들어왔다. 은미 몸에 들러붙은 달콤한 향기도 따라 들어왔다.

안개비는 밤새 도랑과 습지의 물 위에 내릴 것이다. 탈피하는 뱀처럼 안개는 밤새 나무껍질에 등을 비비며 숲을 기어 다닐 것이다.

떠나고 싶지 않다면 안개는 좋은 핑계가 된다. 우리는 곧잘 안개를 핑계 삼아 뱀처럼 방안을 기어 다니며 밤을 지새우곤 했다.

4

　사랑은 감기와 증상이 비슷한 것 같다고, 릴케의 시집을 넘기며 은미가 말했다. 성규에게 하는 말인지 시집을 읽는 중 갑자기 찾아온 생각을 말한 것인지 알 수가 없다. 사랑이라는 말이 튀어나온 순간 분위기가 어색해진다. 성규가 갑자기 방문을 열어젖혔다. 경호가 소리 내어 트림을 했고, 순간 방안에 고여 있던 긴장감이 둑 터지듯 와르르 무너져 내렸다.

　– 루 살로메는 멋진 여자 같아. 릴케가 이런 시를 쓰게 만들었으니.

릴케의 시집을 덮으며 은미가 말했다.

– 은미야, 너도 누군가의 뮤즈가 될 수 있을 거야.

경호의 기타를 빼앗아 잡으며, 내가 다소 엉뚱한 말을 했다.

왜 성규의 뮤즈가 아닌 누군가의 뮤즈가 될 수 있을 거라고 은미에게 말했는지 모르겠다. 성규에게 내 마음을 들킨 것만 같아서 얼굴이 붉어졌다.

– 릴케, 니체, 프로이트의 연인이었다는 루 살로메… 구희 니가 말한, 사랑을 소유하지 않았다는 그 여자 맞지?

경호가 끼어들었다.

– 우리의 뮤즈는… 은미?

성규가 어색하게 웃으며 말했다. 은미는 웃기만 할 뿐 부정과 긍정에 관한 어떤 대답도 하지 않는다. 은미는 어색한 분위기를 깨려는 듯 릴케의 시 〈가을날〉의 몇 행을 천천히 읽는다.

지금 집이 없는 사람은 이제 집을 짓지 않습니다.

지금 고독한 사람은 이후로 오래 그러할 것입니다.

잠자지 않고, 읽고, 그리고 긴 편지를 쓸 것입니다.

바람에 나뭇잎이 날릴 때, 불안스레

이리저리 가로수 길을 헤맬 것입니다.

오늘 밤은 누가 릴케가 되든 상관없었다. 그렇게 된다 해도 이상할 게 없다. 어차피 루 살로메는 우리 곁에서 이렇게 멋진 시를 읽어주고 있으니까.

사랑을 소유하지 않았다는 루 살로메의 이야기가 가슴에 와 닿지는 않았다. 이해할 수 없는 것은 경험이 없었기 때문일 텐데, 사랑은 경험할수록 어려워질 거라는 생각이 들었다. 사랑 아닌 다른 것들이 자꾸 끼어들어 복잡한 공식을 만들어낼 것만 같았다.

축축한 공기가 어둠 속을 흘러 다녔다. 나는 레버를 돌려 선풍기 바람을 세게 만들었다. 요란한 소리와 함께 방안의 공기가 밖으로 빠져나간다. 빠져나간 공기를 채우려는 듯 은미의 몸에서 끝없이 향기가 흘러나왔다. 엄마와 누나가 아닌 다른 여자의 냄새를 이토록 가까이에서 맡아본 건 처음이다. 성규가 릴케의 시를 얘기할 때도 나는 은미의 냄새를 깊게 들이마셨다. 은미 냄새가 내 머릿속을 점령해 버리자 나는 전장에서 도망친 순한 포로가 된 것 같은 생각이 들었다. 그것이 무엇이든 은미가 시키는 대로 할 수 있을 것만 같았다.

우리는 될 수 있으면 학교 얘기는 하지 않았다. 은미를 위한 배려이기도 했지만 학교를 생각하면 즐거운 일보다 아픈 기억이 많기 때문이었다.

지난해 봄 나는 학교신문에 시를 투고했고 담당 교사 추천으로 신문에 시가 실리게 되었다. 문제는 신문에 시가 실린 다음 날 일어났다. 국어 선생이 수업 시간에 나를 일으켜 세우더니 대뜸 누구 시를 베낀 것이냐고 추궁했다. 내가 쓴 시라고 몇 번이나 말했지만 선생은 끝내 인정하지 않았다. 고1짜리가 쓸 수 있는 시가 아니라고 말했다. 모욕감을 느낀 나는 가방을 챙겨 교실을 나와 버렸다. 등 뒤에서 선생의 악담이 쏟아졌지만 신경 쓰지 않았다. 어차피 엄마 기일이기도 했다.

– 하던 일 멈추고, 모두 눈을 감는다. 실시!

다음 날 아침 3학년 선배 몇 명이 교실로 들어와 앞뒤 문을 잠그고는 눈을 감으라고 명령했다. 그중 리더인 듯한 자가 교탁 위에 걸터앉더니 나지막이 내 이름을 불렀다. 아마도 훈육 담당이기도 했던 국어 선생이 나의 무례함에 관해 이야기를 한 모양이었다. 나는 뒤를 한 번 돌아본 뒤 교탁 앞으로 걸어 나갔다. 뒷문 유리창 너머로 얼핏 국어 선생의 얼굴이 나타났다 사라졌다.

– 수업 시간에 여선생을 만만하게 보고 개긴 놈이 너냐?

나는 대답하지 않았다. 여선생이라고 만만하게 본 일이 없기 때문이다. 아이들은 눈을 감은 채 귀만 쫑긋 열어 놓고 교실 분위기를 감지했다. 선배들은 망을 보거나 아이들의 감긴 눈을 확인하며 점령군처럼 교실을 돌아다녔다.

그 시간, 선생들은 교무실에서 회의를 하고 있었다. 회의가 진행 중인 시간엔 선생이 지목한 선배들이 지도라는 명목으로 교실을 돌면서 하급생들의 자율학습을 간섭할 수 있었다. 학생이 학생을 가르치는 사육 시간이었던 셈이다. 그들은 규율을 들먹이며 복종을 가르치려 들었다. 나는 그것을 굴종이라 생각했다.

갑자기 바닥으로 뛰어내린 리더가 내 자리로 걸어가 가방을 집어 들고는 되돌아와 고양이처럼 다시 교탁 위로 뛰어올랐다. 체조선수의 착지 동작처럼 그는 정확하게 중심을 잡고 교탁 위에 앉았다. 그리고 내 가방을 거꾸로 든 채 흔들어댔다. 교과서며 연필, 수첩과 노트가 한꺼번에 교실 바닥으로 쏟아졌다. 리더가 손가락으로 바닥에 떨어진 책 한 권을 가리켰다. 그러자 맨 앞줄에 앉아있던 1번 아이가 잽싸게 그 책을 집어 들고는 두 손으로 공손하게 리더에게 바쳤다.

– 땡큐! 근데 자넨 왜 눈을 뜨고 있는 거지?

리더는 한두 살 어린 하급생에게 자네라고 호칭했다. 훈육 교사들의 말투를 흉내 낸 것이다. 리더의 지적에 놀란 1번 아이는 겁에 질린 표정으로 자리에 앉더니 이마에 주름이 생길 정도로 힘껏 눈을 감았다.

리더가 받아든 책은 미국 작가 리처드 바크가 쓴 〈갈매기의 꿈〉이란 소설이었다. 표지의 갈매기 사진이 인상적인, 엄마 장례식을 마친 뒤 서울로 떠나던 누나가 내게 건넨 책이다. 나는 크게 문제가 될 만한 내용이 없다고 생각했지만, 그 소설을 읽지 않은 것이 분명했던 리더의 생각은 달랐다.

– 고1짜리가 이따위 책을 읽는다는 게 말이 돼?

고1짜리가 쓴 시가 아니라고 말하던 국어 선생의 지적과 같은 말투였다. 대충 표지를 한 번 훑어본 리더는 갑자기 교실 뒷문을 향해 책을 던졌다. 갈매기가 날개를 펴고 날아가듯 〈갈매기의 꿈〉은 푸드덕 소리를 내며 아이들 머리 위를 가로질러 쓰레기통 앞에 처박혔다.

리더는 내게 손등을 위로하고 두 손을 앞으로 내밀 것을 명령했다. 그는 주머니에서 둘둘 말린 철사를 꺼냈다. 그리고 두 손을 이용해 철사를 바르게 폈다. 한순간 그것을 들어 올려 적당한 무게감으로 내 손등을 내리쳤다.

– 악!

나는 비명을 지르며 그대로 주저앉았다. 손바닥은 수도 없이 맞아 봤지만 철사로 손등을 맞은 건 처음이었다. 철사가 손등에 내리꽂힐 때마다 내 손은 불판 위의 오징어처럼 두 손이 오그라들었다.

먹이를 쫓지 않고 배움을 통해 깨달음을 얻는 갈매기의 이야기 때문에 손등을 맞아야 한다면, 누구든 교과서를 펴는 동시에 손등을 내밀어야 할 것이다. 도대체 맞는 이유를 알 수 없었다.

손등을 세 대째 맞았을 때, 눈가에 눈물이 차오르더니 눈알이 터질 듯 부풀어 올랐다. 리더도 곧 터질 듯한 내 감정을 눈치챈 것 같았다. 더 이상 문제가 불거지면 안 된다고 판단했는지 리더는 감긴 아이들의 눈을 뜨게 한 후 무리를 이끌고 교실 밖으로 사라졌다. 그중 하나가 쓰레기통 앞에 처박힌 내 책을 주워 겨드랑이에 끼는 게 보였다. 나는 뛰어가 내 책을 돌려줄 것을 요구했다. 잠시 어이없다는 표정을 짓던 그는 책등으로 내 가슴을 한 번 툭 치면서 책을 건넸다. 내 몸이 휘청거렸다. 손가락은 여전히 오그라든 채였다. 눈뜬 아이들의 얼굴에 안도감이 스쳤다.

선물을 빼앗는 것은 돈을 빼앗는 것보다 나쁜 짓이다. 돈은 물건을 구입하는 순간 손에서 사라지지만 선물에 담긴 의미는 마음속에 오래 남기 때문이다. 리더는 막 출발한 내 인생의 좌표를 지워버렸다. 나의 과거가 지워지면 좋겠지만, 어쩌면 미래가 지워질 수도 있는 일이었다. 한순간 방향을 잃은 나는 언젠가 치욕의 대가를 치르게 하겠다고 다짐했다.

문밖에서 새끼 염소가 운다. 어미와 새끼 염소들은 집 주변을 몰려다녔는데 그중 새끼 한 마리가 유독 성규 방에 관심을 보였다. 경호와 나는 누가 먼저랄 것도 없이 자리에서 일어났다. 콜라가 마시고 싶다는 핑계를 둘러댔지만 사실 성규와 은미에게 둘만의 시간을 갖게 해주기 위해서였다. 사랑에 빠지면 왜 방이 필요해지는지 알게 되었다.

– 오래 걸리지는 않을 거야.

방문을 열고 나가면서 나는 작지만 또렷한 목소리로 성규에게 말했다. 그 말 속엔 어떤 바람 혹은 부탁 같은 것이 들어있었다. 경호와 나는 안개 속을 뒤지며 일부러 먼 길을 돌아 천천히 숲을 빠져나갔다. 나도 새끼 염소처럼 방 안에서 벌어지고 있는 일이 궁금해지기 시작했다.

5

경호와 내가 돌아와 방문을 열었을 때, 성규는 벽에 등을 기댄 채 기타를 퉁기고 있었다. 은미는 헝클어진 머리를 쓸어 넘기며 노래를 부르다 말았는데 열병에 걸린 것처럼 얼굴이 발갛게 상기돼 있었다.

― 니들 뭐했냐?

― 뭘 했다고 지랄이야.

경호가 웃으며 놀렸고 성규가 눈을 부라리며 부러 화난 척 반응했다.

경호와 나는 천천히 숲을 빠져나갔다가 느린 걸음으로 되돌아왔다. 느리게 걷는다는 것은 연습이 필요한 일이다. 아무리 천천히 걸어야 한다고 생각하더라도 누군가와 함께 걷는 밤의 숲길에서는 그런 생각을 유지하는 게 쉬운 일이 아니다. 어둠은 눈앞에 있지만 두려움은 등 뒤에 있기 때문일 것이다. 천천히 걷자고 경호가 몇 번이나 말했지만 내 발걸음은 조금씩 빨라졌다. 두려움보다는 은미를 향한 내 마음의 속도가 말을 듣지 않았을 것이다.

– 밖으로 나간 우리가 왜 기다려야 하는 건지 모르겠네.

– 기다린다는 말은 천천히 다가가겠다는 뜻인지 몰라.

– 듣고 보니 그럴듯하네. 역시 구희 넌 타고 난 시인이야.

경호의 찬사를 들으며 나는 오랜 시간 동안 누군가를 기다리게 될 거란 예감이 들었다.

노래를 부르던 은미가 갑자기 눈물을 흘렸고 아무도 그 이유를 묻지 않았다. 부모의 이혼 때문에 생긴 문제가 복잡하다는 이야기를 성규에게 전해 들은 적은 있지만, 단지 노래 가사 때문이라고 생각하기로 했다.

– 오호, 그대 떠난 이 밤에 다시 불러 보네. 외로워진 마음의 이별 노래. 나는 그대의 사랑 노래 고이 간직하며 살리라.

– 이 자식은 사랑 노래를 불러도 시원찮을 판에 이별 노래를

부르고 자빠졌네.

경호가 성규를 구박하며 담배를 꺼냈고 우리는 누가 먼저랄 것도 없이 안개 같은 연기를 삼켰다 뱉었다. 문을 열자 연기가 숲으로 빠져나갔다. 안개는 숲이 내뱉은 입김인지도 모른다. 담배 연기를 내뱉으며 은미가 울었다. 은미는 볼을 타고 흘러내리는 눈물을 손등으로 닦아냈다. 은미의 눈물을 닦아주고 싶었지만 그 슬픈 얼굴과 눈물마저도 성규의 것이었기에 나는 가만히 쳐다보기만 했다.

경호와 내가 방을 나갔을 때 성규는 아마도 은미의 눈물을 핥았을 것이다. 은미의 눈물은 짠맛이 나지만 달콤하다고 성규가 말한 적이 있다. 나는 그 말이 어떤 행위를 뜻하는 것인지 알고 있었다. 슬픔이 달콤하게 느껴질 때를 조심해야 한다고, 그럴 때 자신을 포기하지 말아야 한다고 아버지에게 뺨을 맞은 내게 누나가 얘기해 준 적이 있다.

은미는 성규의 여자 친구이기에 은미를 향한 나의 감정이 옳은 것은 아니다. 매 순간 일어나는 감정을 두고 옳고 그름을 따질 수는 없다. 하지만 친구의 친구를 좋아하게 될까 봐 자꾸 두려워지는 것은 양손에 물건을 들고 손뼉을 치는 일과 다르지 않다. 죄의식보다는 곤란하다는 생각이 앞선다.

은미의 눈물 때문에 만들어진 불편함을 깨고 싶었던 나는

성규가 벽에 오려 붙인, 학교신문에 실렸던 〈첫눈〉이란 제목의
내 시를 또박또박 읽어 내려갔다.

  캠프 험프리스의

  겨울밤은 깊어가고

  맥심클럽 뒷골목

  툭툭툭

  언 땅 걷어차는

  북소리 들린다

  친구 집에

  처음 온 나는

  자꾸 어색해서

  마루에 앉지 못하고

  마당을 서성인다

  어린 눈은 내려와

  창틀에 쌓이고

  나는 마당에 내리는 눈을

  올해 들어 처음 본다

  – 국어 선생이 가졌을 살리에리의 심정을 이해할 만하네.

은미가 모차르트의 음악성을 시기한 살리에리에게 국어 선생을 비유하며 나를 위로했다. 나는 그건 아니라고 말하면서도 속으로는 뿌듯했다.

어둠 속은 낮보다 비교적 공평하다. 적어도 그날 밤 방 안의 상황은 그랬다. 우리는 불을 끄고 방에 누웠다. 취한 경호가 밖에 나가 먹은 것을 토하고 들어와 한쪽 구석에서 잠이 든 후였다. 방충망 사이로 찬 공기가 스며들었으므로 함께 누워도 답답하지 않았다. 벽면 가까이 은미와 성규가 누웠고 나는 경호가 잠들어 있는 또 다른 벽을 향해 돌아누웠다가 다시 반듯하게 천장을 향해 누웠다. 뒤척이는 소리가 났고 은미 냄새도 조금 바닥에서 일어났다.

– 자냐?

성규가 내게 물었다.

– 너 같으면 잠이 오겠냐?

내 말을 듣고 은미가 키득거렸다.

눈을 감을수록 귀가 열리고 가슴이 뛰었다. 그때 몸을 뒤척이던 은미의 팔이 내 어깨를 건드렸다. 우연이었을까? 나는 뛰는 가슴을 들키지 않으려고 숨을 참았다. 성규와 은미의 가슴도 뛰고 있었을 것이므로 내가 억지로 숨을 참을 필요는 없었는지도 모른다. 숨을 쉴 때마다 콧구멍 밖으로 가느다란 바람이 새어 나왔다. 입술 부딪는 소리가 들렸다. 둘은 내가 잠들지 않았다는 걸 모르지 않을 것이다. 밖으로 나가고 싶었지만 그게 더 방해가 될 것 같아 움직이지 않았다. 솔직히, 그들 곁에 있고 싶었다.

성규는 이번에도 은미의 감은 눈을 핥았을까? 은미 냄새가 모래에 스미는 잔잔한 파도처럼 내 몸속으로 스며들었다. 나는 방 안의 벽이 되었으면 좋겠다고 생각했다. 벽은 모래처럼 무너져 내리지는 않을 테니까. 방 안의 벽처럼, 지켜볼 수밖에 없지만 지켜주는 존재가 되고 싶었다.

은미 발이 다시 내 몸을 살짝 건드렸다. 이번에도 우연이었을까? 한동안 침묵이 흘렀고 나는 이내 잠들어 버렸다. 성규와 은미는 안개처럼 밤새 방안을 흘러 다녔을 것이다.

간밤의 꿈은 아침이 오면 가장 먼저 방문을 두드린다. 잠이 깬 나는 문을 열고 밖을 내다보았다. 숲속의 아침 공기는 서늘했고 안개는 밤보다 더 두툼해졌다. 나는 웅크린 채 잠든 경호에게 이불을 덮어 주었다. 은미는 사라졌고, 나는 지난밤에 무슨 일이 있었는지 생각하지 않기로 했다. 성규와 나는 눈을 마주치었을 뿐 담배를 입에 문 채 벽에 기대어 아무 말도 하지 않았다.

6

솔숲의 일요일 아침은 평화로웠지만 가끔 소란스러울 때도
있었다. 미군들이 음악을 크게 틀어놓고 바비큐 파티를 할 때
가 그랬다. 기지촌 사람들은 전쟁을 치르듯 삶을 살아냈고 싸
움을 쫓는 군인들은 전쟁을 잊은 듯 일요일을 살았다.

성규 아버지가 약을 만들기 위해 짐승의 멱을 딸 때도 소란
스럽기는 마찬가지였다. 성규가 끓인 라면을 냄비째 배불리 먹
고 난 뒤였다. 갑자기 비닐하우스 안에서 처절한 비명이 들려왔
다. 숲의 정적을 깨고 울려 퍼지는 소리, 그것은 오리의 절규가

분명했다. 고통에 겨운 비명이 들리는 것으로 보아 오리는 이미 성규 엄마의 약이 되기 위한 의식을 치르고 있는 것 같았다.

나는 방에서 나와 비닐하우스 안으로 들어갔다. 그럴 필요 없다고 성규가 말했지만 나는 성규 아버지를 돕고 싶었다. 솔직히 말하면, 오리가 죽는 모습을 보고 싶었다. 성규 아버지는 고개를 돌려 힐끔 한 번 쳐다보고는 하던 일을 계속 이어갔다.

나는 성규 아버지의 말 없는 관용을 좋아한다. 내가 아버지에게서는 느낄 수 없었던, 강요하지 않는 권위를 성규 아버지는 몸에 지니고 있었다. 성규는 가끔 아버지를 책임 회피자라고 비난했지만 나는 그 말에 동의하지 않았다.

날 수 있는 능력이 퇴화된 집오리에게 날개는 죽음의 손잡이 같은 구실을 했다. 성규 아버지가 한 손으로 집오리의 날갯죽지를 잡고 다른 손으로는 주둥이를 잡은 채, 반쯤 잘린 목을 통해 울컥울컥 쏟아지는 피를 받아내고 있었다. 예리한 칼이 바닥에 뒹구는 것을 보니 아마도 방금 오리 목에 칼집을 낸 것 같았다.

오리는 마치 물 위에 떠 있는 것처럼 물갈퀴를 펴고 버둥거렸다. 순간적으로 베인 목을 비틀기도 했다. 그럴 때마다 붉은 피가 사방으로 튀었다. 오리는 흰 털로 몸을 감싸고 있었으므로 반쯤 잘린 목에서 흘러내리는 피가 더욱 붉게 보였다.

성규 아버지는 아무 말도 하지 않았다. 다만 뚫린 오리 목구멍에 집중하며 다 쓴 치약을 짜내듯 오리의 몸에서 피를 받아낼 뿐이었다. 그는 축 늘어진 오리의 목을 꺾어 한쪽 구석에 던져 놓고는 피가 담긴 하얀 사발을 들고 부리나케 비닐하우스를 빠져나갔다.

근거는 분명치 않았으나 사람들은 집오리의 생피가 중풍 환자에게 좋은 약이 된다고 생각했다. 성규 엄마는 동료 군인들에게 포박당해 끌려가는 남편의 모습을 보고는 충격을 받아 그 자리에서 쓰러졌다. 이후 반신불수로 누워 지내게 되었고 성규 아버지는 그 모든 게 자기 탓이라고 여기며 아내에게 오리의 생피를 먹이고 또 먹였다. 눈에 띄게 나아지지 않았지만 크게 나빠지지도 않았으므로, 성규 아버지는 정성을 다해 오리를 죽이고 또 죽였다.

나는 목이 꺾인 채 바닥에 던져진 오리를 조심스레 들어 올려 찢긴 목을 살펴본다. 지난해 철사에 맞아 생긴 손등의 흉터가 오리의 목을 감아쥐고 있다. 눈감은 오리 머리가 겨우 목 껍질에 의지해 끊어질 듯 매달려 있었다. 물가에서 먹이를 삼키고 죽기 전까지 소리를 내지르던 오리는 이제 없다. 나는 바닥의 칼을 쥐고 오리의 목을 마저 잘랐다. 목을 완전하게 끊는 것이 죽음을 완성하는 일인 것처럼 여겨졌다. 목숨이란 말의 의미가 목으로 숨을 쉬는 것에서 비롯되었다는 사실을 처음 알게 되었을 때처럼, 어떤 경이로움 같은 것이 마음 안에서 꿈틀거렸다. 철사로 매를 맞던 손이 이번엔 칼을 쥐고 있었다.

경호는 중얼거리며 계획표를 짰다.

– 골방에 숨어 있는 놈이 계획은 무슨…….

성규가 빈정거렸다.

– 고통 속에서 예술혼은 단련되는 법!

경호는 놀림 따위에 신경쓰지 않고 기타 연습과 작곡, 새끼 염소와 놀아주기 같은 계획을 하나씩 적어나갔다. 우리들의 미래처럼 아직은 종이에 하얀 빈칸이 더 많았다. 흑심이 하얀 종이를 자꾸 더럽혔다.

– 그동안 왜 그렇게 무계획적으로 살았냐?

내가 비아냥거리며 물었다. 당분간은 맨날 오리고기를 먹어야 할 것 같으니 아예 시간표에 식단도 집어넣으라고 놀렸다.

사실, 가장 계획성 있게 살아가는 건 경호였다. 어릴 때부터 경찰인 아버지에게 훈련받은 탓도 있지만, 공부를 제외한 모든 면에서 경호의 계획성은 타의 추종을 불허했다. 기타 연습이며 책 살 돈을 빼돌려 음반을 구입하는 일, 그리고 가출 스케줄 작성까지 경호는 너무도 계획적인 아이였다.

계획한 대로 모든 일이 진행된 것은 아니었지만 그렇다고 자기가 세운 계획을 실천하지 않은 적 또한 없었다. 다만 그의 계획이 다른 사람과 충돌을 일으키는 게 문제였다. 공무원이 되는 건 아버지 계획 속에 있는 일이지 자기 계획은 아니라고 경호는 생각했다.

  ─ 내 마음이 흔들리는 이유는 거친 바람이 불기 때문이라고!

  경호가 짧게 외친 후 성규와 내 얼굴을 번갈아 가며 바라본다. 우리는 그것이 무슨 의미인지 알고 있었다. 노래를 부르자는 사인이었고 경호는 비틀스의 'Because'를 부르기 시작했다.

  ─ Because the wind is high it blows my mind.~

  나는 노래 부르는 경호의 목을 뚫어지게 바라보았다. 그리고 피를 쏟아내던 반쯤 잘린 오리의 목을 생각했다.

  경호는 자기 목이 노래 부르는 데 쓰이기를 바랐고, 경호 아버지는 자식의 목이 밥을 먹는 용도로 쓰이기를 바랐다. 밥도 먹고 노래도 부를 수 있다면 좋겠지만 경호 아버지나 경호 모두 두 가지를 함께 할 수는 없다고 생각하는 것 같았다.

  열린 문 사이로 검은 개 한 마리가 잘린 오리의 대가리를 물고 숲속으로 도망치는 게 보였다. 이제 오리의 머리는 영영 제 몸을 만날 수 없을 것이다. 하지만 개 이빨에 물린 채 달려가는 지금이야말로 오리가 가장 먼 데까지 도달할 수 있는 기회일는지 모른다.

지금 우리의 처지는 개 이빨에 물린 오리 대가리와 다를 바 없었다. 세상 사람들은 모두 개의 입장이 되어 우리를 자꾸 먼 곳으로 물고 가 낯선 바닥에 내려놓겠다는 생각뿐이었다.

경호는 언제나 도망칠 궁리를 하며 노래를 부른다. 성규와 나도 노래의 후렴을 함께 따라 불렀다. 후렴을 함께 부르는 일은, 지금 이 순간만큼은 너와 함께 하겠다는 암묵적인 동의를 전제로 하는 행위였다.

– Love is old, love is new. Love is all, love is you.~

– 사랑은 낡아도 사랑은 새로운 것. 사랑은 모든 것이고 사랑은 당신이라는 말, 멋지지 않냐?

기타를 퉁기며 경호가 말했다.

그의 말에 의하면, 이 노래는 오노 요코가 월광 소나타를 피아노로 치고 있을 때 존 레넌이 코드를 거꾸로 연주해 볼 것을 요구했고, 거기에서 영감을 얻어 작곡한 곡이라고 했다. 학교 공부를 제외하면 경호는 정말 모르는 게 없었다.

경호는 존 레넌처럼 거꾸로 보거나 거꾸로 생각하고자 했다. 숲을 걸어갈 땐 뒷걸음질을 치며 걷기도 했고 일부러 옷을 뒤집어 입기도 했다. 성규와 나는 경호의 행동을 보며 놀리곤 했지만 속으로는 그런 경호의 행동이 부러울 때가 많았다.

어쩌면 우리 모두 뒷걸음질 치며 살아가고 있는 건지 몰랐다.

엄마의 행복한 미소, 즐거운 집 같은 것은 지금 우리 것이 아니다. 우리는 부족한 것을 다른 것으로 대체하기보다는 그 빈자리가 비어 있는 상태 그대로 놓여 있길 원했다. 엄마의 빈자리를 새엄마로 채우는 것보다, 돈으로 채울 수 없는 빈자리에서 비굴하게 견디는 것보다, 즐겁지 않은 집에 흥겨운 음악을 채우는 것보다 없으면 없는 대로 살아가는 것이 좋다고 생각했다. 우리의 마음은 이후로도 오랫동안 비어 있는 상태로 숲속에 방치되었다.

7

– 하라는 공부는 안 하고 잠만 퍼질러 잤네그려!

경호의 머리를 순찰차 안으로 밀어 넣으며 경호 아버지가 말했다.

결국, 성규 방에 숨어 지낸 지 사흘 만에 경호가 아버지 손에 이끌려갔다. 성규는 학교에 가고 없었는데 성규 누나가 저녁때 이 사실을 성규에게 말해 주었다. 경호가 구겨지다시피 떠밀려 순찰차에 오를 때도 성규 아버지는 아무 말도 하지 않았다.

경호는 혼자 있을 때도 시간표에 적힌 계획대로 움직였다.

지난 며칠 동안 기타 연습과 작곡, 새끼 염소 돌보는 일과 낮잠 그리고 오솔길 뒤로 걷기 같은 계획을 어김없이 지켜나갔다. 그날, 시간표대로 낮잠을 자야 하는 시간에 하필 아버지가 들이닥친 것이다.

경호는 배낭과 기타를 방에 남겨둔 채 순찰차에 실려 숲을 빠져나갔다. 방학을 하면 다시 돌아와 마저 계획을 실천하겠다고 경호는 다짐했다. 나 또한 방학이 되면 성규 방에서 지내는 날이 많아질 것이기에 몇 권의 책과 칫솔, 간단한 취사도구를 미리 갖다 놓았다.

며칠 전, 오랜만에 집에 들른 누나에게 아버지는 재혼 이야기를 꺼냈다. 그리고 옅은 미소를 지으며 누나와 내 생각을 물었다. 누나는 대답하지 않았고 나는 좋을 대로 하시라고 말했다. 이미 결정해 놓고 형식적으로 묻는 거라는 생각이 들었다. 하지만 아버지도 자기 인생을 살아야 한다는 것에는 이의가 없었다. 누나와 나는 각자의 생에 대해서만 골몰하기로 했다. 재혼의 명분이 자식들을 위한 것이라고는 했지만 믿음이 가는 말은 아니었다. 엄마가 죽고, 아버지가 혼자 있으면 함께 생활하는 자식들이 불편할 수밖에 없다는 논리였다. 앞으로 아버지는 돈을 더 많이 벌어야 할 것이다. 남자들은 여자를 얻기 위해 돈을 벌고 여자를 지키기 위해 돈을 쓴다. 엄마를 위해서는 많은 돈을 쓰지는 않았다. 물론 그것은 엄마의 부탁이기도 했다.

엄마의 흔적은 조금씩 지워져 갔고 아버지는 다시 예전의 활기를 되찾았다. 오히려 다행이라는 생각이 든 것은 아버지가 자식들에게 이래라저래라 지시하는 일이 자취를 감췄기 때문일 것이다.

누나는 외국 유학을 가고 싶어 했는데 일이 뜻대로 풀리지 않는 모양이었다. 누나는 입버릇처럼 먼 나라에 가서 살겠다고 말했다. 아버지의 집으로부터 얼마나 더 멀어져야 하는 건지는 나도 알 수 없었다. 다만, 누나와 나는 엄마 잃고 불쌍하게 남겨진 남매는 되지 않기로 다짐했다. 엄마 기일 때 누나는 레이캬비크에 갈 것이라고 내게 말했다. 나는 레이캬비크가 아이슬란드의 수도라는 걸 알고 있었다.

중학교에 입학한 나는 교과서와 함께 받은 커다란 지도책을 펴놓고 세계 여러 나라의 도시 위치를 암기했다. 그것은 손에 잡히지는 않지만 세상에서 가장 힘센 나라인 미국을 비행기 굉음으로만 느끼며 살아가는 기지촌 아이의 몽상 스케일이기도 했다. 언젠가 레이캬비크에 갈 수 있다면 좋겠지만 갈 수 없다 해도 상관은 없었다.

나는 엄마와 누나를 앞에 앉혀 놓고 세계 여러 나라의 수도를 알아맞히는 게임을 했다. 그때 내가 엄마와 누나에게 던진 첫 질문이 아이슬란드의 수도를 묻는 것이었다. 나름 난이도를 조절한 것이었다. 누나는 답을 몰랐고 엄마에겐 아이슬란드라는 나라 이름조차 생소했다. 엄마는 먼 나라 걱정을 했다.

– 얼마나 춥기에 나라 이름을 아이슬란드라고 했을까?

아버지가 늦게 들어오는 날 밤엔 우리 집 방도 추웠다.

그날 이후 레이캬비크는 누나 마음속에 등대처럼 들어앉았다. 누나는 어두운 마음에 등대처럼 빛이 되어주는 곳이라고 레이캬비크를 정의했다. 누나가 그곳에 갈 수 있다면 좋겠다고 생각했다. 누나와 헤어지는 것보다 누나가 이곳에 남겨지는 게 더 두려웠다.

'우리는 우리가 원하는 곳 어디로든 자유롭게 갈 수 있으며 우리가 원하는 어떤 존재든 될 수 있다.'

엄마가 죽고 난 후 누나는 내게 〈갈매기의 꿈〉에 나오는 구절을 적어 주었다. 누나는 여전히 우울해 보였다. 누나가 내 걱정을 하지 않게끔 행동하는 것이 누나를 돕는 길이라는 걸 알고 있기에 나는 오래전 미군 헌병에게 어깻죽지를 잡힌 아버지처럼 억지로 웃었다.

아버지에게 잡혀 온 경호는 일단 형에게 넘겨졌다. 경호 아버지는 저녁에 신임 경찰서장 부임 축하 술자리에 나가야 했다.

경호 형은 경호를 보자마자 뒤통수를 후려갈겼다. 경호가 소리를 지르며 대들었고, 경호 아버지는 경찰 앞에서 잘들 한다는 말을 내뱉고는 사라졌다. 경호 형은 저녁때 커피숍에서 음악을 틀어야 했으므로, 거울 앞에 서서 욕을 몇 마디 내뱉고는 잠시 거울 속에 머물다 밖으로 나갔다.

경호의 지하 방은 우리의 아지트였으나 경호의 가출 이후 경호를 가두는 공간으로 바뀌어 버렸다. 어떤 때는 지하 방에 갇힌 경호가 단식투쟁을 하며 아버지와 신경전을 벌이기도 했다. 경호는 그런 와중에도 작곡을 하며 기타 주법을 연습했다.

경호 아버지가 부순 기타만 해도 두 대가 넘었다. 그나마 단식투쟁에 따른 협상의 성과로 경호는 공개적으로 기타를 지하 방에 들여놓을 수 있게 되었다. 기타 반입을 허락하는 대신 공부를 포기하지 않는다는 조건이 따라붙었다. 경호는 결코 공부를 포기한 적이 없다고 항변했다.

경호는 인생의 필요조건 중 으뜸이 음악이라는 주장을 굽히지 않았다. 그럴 때마다 경호 형은 책도 안 보는 놈이 책에 나오는 말을 그대로 따라 한다고 비아냥거렸다. 책을 읽지 않는 사람들은 책 속에 성공의 열쇠가 들어 있다고 믿는 경향이 있다. 그들은 열쇠를 만져 본 적도 없으니 열쇠를 잃어버릴 일도 없다. 국어 선생으로부터 남의 시를 베꼈다는 의심을 받은 이후 나는 책을 읽지 않았다. 국어 선생은 너무 많은 책을 읽었기에 너무 많은 걸 알고 있었다. 단, 자기 자신에 대해서는 무지했다.

성규와 나는 지하 방에 갇힌 경호를 위로하러 가기로 했다. 걸음을 재촉하던 나는 우연히 맥심클럽 앞을 지나가는 은미를 보았다. 은미는 내 손등을 철사로 내리쳤던 리더와 함께 다정하게 골목 안으로 사라졌다. 리더는 졸업을 했을 터였다. 도대체 그사이에 무슨 일이 있었던 걸까.

은미는 나를 보지 못한 것 같았다. 왜 저 인간과 은미가 함께 있는 걸까? 이 사실을 성규에게 말해야 하나 말아야 하나…… 경호네 집까지 걸어가는 길이 멀게만 느껴졌다.

경호네 집은 은미네 집이 있는 힐 타운에서 그리 멀지 않은 곳에 있었다. 2층 빌라의 1층과 2층을 모두 미군들이 월세를 내며 살았다. 경호네 식구는 잔디가 깔린 마당 맞은편에 별채를 짓고 살았는데, 경호의 방만 빌라 지하에 있었다. 파이프라인이 천장에 길게 드리운 보일러실을 지나가면 비로소 방문이 보였다.

대문 앞에서 성규를 만났고, 성규와 내가 지하 방문을 열었을 때 경호는 음악을 듣고 있었다.

– 면회 왔냐?

– 감옥치고 너무 호화스러운걸?

경호와 내가 농담을 주고받는 사이 성규는 가방에서 담뱃갑을 꺼냈다.

– 아버지 담배 훔쳐 온 거냐?

– 울 아버진 비싼 담배 안 핀다.

성규가 점잖은 말투로 경호 말을 받아쳤다.

나는 성규에게 은미 얘기를 할 수 없었다. 두 사람이 함께 골목 끝으로 사라졌다는 것이 내가 아는 그들 관계의 전부였다. 그 골목에는 나만 알거나 나만 모르는 수많은 비밀이 숨어 있다. 나 또한 그 골목에 비밀 하나를 만들어 두고 온 것이다.

담배 한 개비를 거의 다 피웠을 무렵, 방문이 열리더니 경호 형과 친구들이 들이닥쳤다.

– 이것들 봐라!

깜짝 놀란 나는 피우던 담배를 콜라병 주둥이에 급하게 집어넣고는 벌떡 일어나 인사를 했다. 성규와 경호도 급하게 담배를 재떨이에 비벼 껐다. 숲속에 피는 안개처럼 콜라병 속에 연기가 가득 차올랐다. 경호네 지하 방이 콜라병처럼 우리를 가두고 있다는 생각이 들었다. 하지만 담배꽁초처럼 몰려 지낼 수 있으므로, 누군가 침만 뱉지 않는다면 우리는 콜라병 속의 연기일지라도 행복했다.

– 반성문을 쓰고 있어도 시원찮을 판에 담배까지 피우고들

자빠져 있네!

성규와 나는 구석에 쪼그리고 앉아 눈동자를 굴리며 사태를 주시했고, 경호는 어차피 다 아는 사실인데 새삼스럽게 굴 필요가 있느냐는 식으로 따졌다.

공무원 시험 준비 대신 다방에서 음악을 틀고 있는 자기의 비밀을 경호가 지켜줬기에 경호 형은 경호를 다그치진 않았다. 대신 한 가지 제안을 했는데, 그 제안은 실로 엉뚱한 것이었다.

– 담뱃갑 안에 있는 담배를 한입에 다 물고 피울 수 있다면 인정! 하지만……."

경호 형이 바닥에 놓인 담뱃갑을 집어 들고 말했다.

제안을 받아들이지 않는다거나 중간에 포기하는 일이 생기면 또다시 담배를 피우다가 들킬 경우 가만두지 않겠다고 엄포를 놓았다. 우리에게 흡연의 명분을 주기 위한 장난처럼 보이기도 했는데, 경호는 진지하게 형의 제안을 받아들였다. 그리고 자신이 끝까지 견딜 경우 약속이나 지키라며 응수했다.

경호 형은 담뱃갑 종이를 뜯어내고 다섯 손가락을 그러모아 남은 담배를 모두 밖으로 꺼냈다. 한 갑에 스무 개의 담배가 들어 있었으므로, 우리가 핀 세 개를 제외하고 담뱃갑 속에는 아직 열일곱 개의 담배가 남아 있었다.

경호 형은 무릎 꿇은 경호 입을 크게 벌리게 하더니 담배 열

개비를 한꺼번에 집어넣었다. 경호는 입을 벌려 담배를 받아들인 후 입술을 오므렸다. 입술 모양을 보아하니 한두 개비는 더 들어갈 수도 있을 것 같았다. 경호 형은 라이터를 그어댄 후 입 밖으로 튀어나온 담배 묶음 끝에 불을 붙였다. 그리고 라이터 불길이 약해 불이 잘 붙지 않자 라이터 불꽃을 최대한 크게 만들었다.

　— 빨아!

　화염방사기처럼 기다란 라이터 불꽃이 불똥을 튀기며 담배 뭉치를 향해 날아갔다. 춤을 추는 불꽃이 경호의 눈썹을 그슬렸다. 경호는 최대한 입술을 조이며 담배 뭉치를 빨았다. 네댓 개비가 불꽃을 일으키며 타들어 갔지만 대부분 불이 붙지 않고 연기만 내다가 꺼져버렸다. 담배가 연기만 내다가 꺼져 버리자 경호 형은 내게 나머지 일곱 개비의 담배에 하나씩 불을 붙이게 했다. 나는 경호 형의 지시대로 완전하게 불이 붙은 담배를 경호 입에 꽂아 넣었다. 그 와중에도 담뱃불을 붙이는 척하면서 연기를 집어삼켰다. 나는 쿨룩거리면서 경호 입안의 빈자리를 찾아 나머지 일곱 개비의 담배를 모두 꽂아 넣었다. 열일곱 개비의 담배가 연기를 내뿜으며 타들어 갔다.

　경호 입에 물려 있는 담배 그것은 우리의 모습이기도 했다. 어느 날 갑자기 불붙어버린 열여덟 살의 쿨럭이는 가슴이 거기에 있었다. 삼킬 수도 뱉을 수도 없는 것들이 불쑥불쑥 찾아와 우리에게 선택을 강요하거나 죄를 물을 뿐이었다.

경호 입안에 담배를 꽂아 넣은 내 눈에서도 눈물이 글썽거렸다. 경호에 대한 미안함 때문인지 아니면 담배 연기 때문인지는 알 수 없었다. 나는 담배 연기 때문에 눈물과 콧물이 범벅이 된 경호 얼굴을 보고 하마터면 웃음을 터트릴 뻔했다. 하지만 웃을 수는 없었다.

어느 순간 방 분위기가 숙연함으로 바뀌었다. 처음엔 경호 얼굴을 보고 키득거리던 경호 형 친구들도 그만하면 됐다며 경호 형을 말리기 시작했다. 담배가 절반쯤 타들어 갔을 때, 경호 형은 이제부터 담배를 피워도 된다고 경호에게 말했다.

다만, 아버지 앞에서는 조심할 것이며 담배가 몸에 해로우니 적당히 필 것을 당부했다. 담배가 몸에 해롭다고 말하면서도 자기는 예외로 두는 말투를 보니 경호 형도 어느새 아버지 편에 서 있었다.

– 그만하라고!

입에 물고 있는 담배를 뱉으라는 형의 지시에도 경호는 말을 듣지 않았다. 오히려 더욱 힘껏 담배 연기를 빨아들이려는 듯 거친 호흡을 이어갔다. 성규와 내가 달려들어 경호 입안에 꽂힌 채 타들어 가고 있는 담배를 빼내기 시작했다. 더러 입술에 들러붙은 담배 필터를 떼어내자 덩달아 입술까지 갈라져 피가 흘렀다. 담배를 뱉어낸 경호가 헛구역질을 하자 경호 형과 친구들은 자리에서 일어나 도망치듯 사라졌다.

경호는 자신의 행동을 희생에 비유했지만 나는 똥고집이라고 말했다. 사실, 희생이 맞는 건지도 모른다. 성규와 나도 담배를 피웠지만 경호의 고통 옆에서 우리는 처음부터 끝까지 방관자일 뿐이었으니까. 어쨌거나 경호의 똥고집 덕분에 성규와 나도 지하 방에서의 흡연 권리를 보장받게 된 셈이다.

안 피우겠다고 한마디 했으면 위기를 벗어날 수 있었을 텐데 경호는 그렇게 하지 않았다. 경호의 투쟁을 위로하며, 더불어 흡연권 쟁취를 축하하며 우리는 한때 경호의 입에 물려 있다 재떨이에 내던져진 수많은 담배 가운데 비교적 긴 것을 골라 입에 물었다. 버려진 담배들도 제법 길고 깨끗한 것들만 선택받는다. 당연한 일이겠지만 우리의 앞날은 선택하고 선택받는 순간의 연속일 것이다. 성규를 바라보며 은미의 선택을 떠올렸다. 나는 알지도 못하면서 그럴 수밖에 없었을 것이라고 믿기로 한다.

선풍기를 세게 돌려 방안에 가득 찬 담배 연기를 문밖으로 몰아내면서 나는 고집에 대해 생각했다. 오늘은 경호의 고집이 우리를 방안에 머물 수 있게 해 주었지만 결국 그 고집 때문에 우리도 언젠가는 연기처럼 밖으로 뛰쳐나갈 수밖에 없을

것이다. 우리의 미래는 담배 연기와 함께 지상으로 통하는 틈을
찾고 있었다.

내 마음의 뒷모습

8

은미는 어떻게 리더와 함께 다니게 되었을까? 성규 누나가 은미를 탐탁지 않게 여긴 것과 무관하지 않아 보였다. 성규 누나는 성규와 은미가 사귀는 것을 불편하게 생각했다. 자신도 클럽에서 일했지만 동생 여자 친구마저 자기와 같은 처지인 것을 받아들이지 못했다.

성규 누나는 집안 형편을 생각하지 않을 수 없었을 것이다. 성규라도 대학에 가야 한다고 생각했던 성규 누나는 은미에게 성규와 헤어질 것을 종용했다. 고등학교 진학을 포기할 수밖에 없었던 자신의 처지 때문에 누구보다 힘들어했던 은미였다. 성규가 원하는 대학에 가지 못한다면, 만약 그런 일이 벌어졌을 때 자신의 탓으로 여겨진다면 그것만은 감당할 수 없을 것이라고 은미는 생각했다. 은미는 성규 누나의 요구를 받아들였다.

우리는 더 이상 은미의 모습을 볼 수 없게 되었다. 나 역시 은미 냄새를 맡을 수 없게 되었다. 성규는 은미와 헤어진 이후 말이 줄어들긴 했지만 크게 달라진 건 없었다. 누나 때문에 은미가 떠났다는 사실을 알았을 때도 화를 내거나 따지려고 들지 않았다. 공부에 더 집중했다. 성규는 가난에 복수할 길은 공부밖에 없다는 아버지의 말을 믿기로 한 것 같았다. 어쩌면 은미에 대한 배반감이 작용했을지도 모르겠다. 어쨌거나 성규 누나의 바람대로 은미는 성규를 떠나갔다.

성규는 견딜 뿐이었다. 그것은 경호의 고집과는 다른 것이어서 타인이 개입할 여지가 없었다. 남들이 볼 때 정상적이지 않은 아버지의 행동과 흑인 병사와 사귀는 누나에 대한 모욕적인 소문을 듣고도 성규는 묵묵히 견뎠다. 누군가 비난을 받아야 한다면 성규는 그것이 자기가 감당해야 할 몫이라고 생각했다. 집안의 희망을 어깨에 짊어진 자는 죽을 때까지 부담감을 벗어버릴 수 없을 것이다. 하나의 희망이 이루어지는 순간 또 다른 희망이 그를 통해 이루어지기를 바라는 기대가 어디선가 생겨날 테니까. 성규는 언제나 반에서 1, 2등을 다투곤 했는데 그에게 공부는 세계와 맞설 무기와도 같은 것이었다.

중간고사가 끝난 시월 어느 날, 성규는 은미와 만나기로 약속했다. 그날은 은미의 생일이었고 성규는 경호와 내게 함께 축하해 달라고 부탁했다. 나는 책을 사려고 챙겨 놓았던 돈으로 작은 케이크와 샴페인을 준비했다. 경호는 기타와 컵을 들고 왔다. 성규는 은미 생일을 모른 체하고 넘길 수가 없었을 것이다. 며칠 전 방으로 은미를 초대했지만 은미가 단호하게 거절하는 바람에 숲속 무덤가에서 잠깐 만나기로 한 것이다.

숲속에서 가장 아늑한 자리에 무덤이 있었다. 밖에서는 잘 보이지 않는 곳이었지만 나무 사이로 햇볕이 잘 들었고 누우면 아득하게 하늘이 펼쳐지는, 말 그대로 명당이었다. 은미와 성규는 아무 일 없는 사람들처럼 밝게 웃었다. 나는 케이크를 경호는 기타를 든 채 은미와 인사를 나누었다. 은미 냄새를 맡기 위해 나는 내 모든 감각을 열었다. 콧구멍은 물론 땀구멍까지도 은미를 향해 열려 있었다. 하지만 은미 몸에서 풍기는 냄새는 이전에 맡았던 그 냄새가 아니었다. 뭐라고 표현하기 어려울 정도로 진하고 자극적인 냄새가 뿜어져 나왔다. 딱히 단정 지을 수 없지만 분명 내가 그리던 은미 냄새는 아니었다. 마음이 변하면 그 사람의 체취도 함께 변하는 것 같았다.

우리는 케이크에 초를 꽂고 불을 붙인 뒤 샴페인을 터뜨렸다. 펑! 둔탁한 소리와 함께 기다렸다는 듯이 부글거리며 샴페인이 병의 주둥이를 타고 흘러넘쳤다. 은미의 절교 선언을 받아들이던 성규 속마음도 저렇게 부글거렸을 것이다.

사람 마음도 샴페인과 같다는 생각이 들었다. 병 속에 술을 담는 것은 집중과 정성 없이는 불가능한 일이지만 병 속에 든 술을 밖으로 버리는 것은 병을 거꾸로 들고 흔들기만 해도 되는 간단한 일이기 때문이다. 누군가의 마음속에 사랑이 되어 들어가는 일은 무척이나 어렵지만 그 감정이 마음 밖으로 빠져나오는 것은 순간이다.

나는 떡갈나무 가지를 꺾어 젓가락을 만들었다. 성규는 은미에게 샴페인을 따른 다음 선물로 준비한 에밀리 브론테의 〈폭풍의 언덕〉을 건넸다. 경호는 기타를 퉁기며 축가를 불렀는데 목소리가 많이 거칠었다. 지하 방 담배 사건 이후 목에 문제가 생긴 것 같았다.

구름이 무덤 위를 느리게 지나갔고 은미가 웃을 때마다 떡갈나무 잎이 조금 부풀어 올랐다. 경호가 노래를 끝냈을 때였다. 숲 저편에서 누군가 걸어오는 게 보였다. 나는 한눈에 그가 리더라는 것을 알 수 있었다. 솔숲은 성규의 영역이었기에 두렵진 않았다. 하지만 성규의 감정이 흐트러져 사고라도 날까 봐 걱정이 되었다.

– 기다리고 있으라니까.

리더를 본 은미가 큰소리로 말했다.

– 그림 좋네? 시발.

리더가 비아냥거렸다.

나는 순간적으로 일어나 리더에게 인사할 뻔했지만 과거의 치욕이 본능보다 먼저 떠올라 숙이려던 고개를 어정쩡하게 멈췄다. 본능과 치욕은 샴쌍둥이 같다. 몸은 하나인데 각기 다른 얼굴을 갖고 있다.

– 다들 알지?

– 굳이 알고 싶지 않다면?

은미 말에 성규가 거칠게 반응했다.

– 선배는 대학생이야.

– 여기 학생 아닌 놈 있나?

은미가 리더를 대학생이라고 소개하자 성규가 비웃으며 받아쳤다.

– 하긴, 학생 아닌 년도 있는데 뭐.

은미도 거칠게 반응했다.

– 일단 앉으시죠?

경호가 자기가 앉았던 자리를 리더에게 양보했다. 리더는 들고 있던 책을 바닥에 내려놓더니 그대로 깔고 앉았다. 누나 책을 빌려 읽은 적 있는, 루오의 성자 수난 그림이 표지에 그려진 〈사람의 아들〉이란 소설이었다. 리더 엉덩이에 깔린 성자가 수난을 당하고 있었다.

— 책을 깔고 앉았네? 그건 책에 대한 예의가 아니지. 더군다나 예수 얼굴을.

가방에서 소주를 꺼낸 성규가 리더에게 잔을 건네며 말했다.

화 난 표정이 역력한 리더가 잔을 받아 단숨에 마셨다. 성규도 질세라 컵에 따른 술을 한 번에 입안으로 털어 넣었다. 둘 사이의 분위기는 험악해지고 있었지만 은미의 표정은 담담했다. 마치 두 남자가 자기를 사이에 두고 벌이는 신경전을 즐기는 것처럼 보였다.

— 〈사람의 아들〉은 읽었나요?

손등에 난 작은 흉터를 어루만지며 내가 리더에게 물었다.

— 시발, 읽지도 않는 책을 왜 들고 다니겠냐?

리더는 내 가방에 들어있던 〈갈매기의 꿈〉을 빼앗아 쓰레기통으로 집어 던진 사실을 까맣게 잊고 있었다. 나는 리더에게 〈사람의 아들〉에 등장하는 아하스 페르츠와 느낌이 닮은 것 같다고 말했다. 어설프게 웃는 걸로 봐서 역시나 리더는 소설을 읽지 않았다. 소설을 읽지 않은 걸 탓하고 싶진 않았다. 다만,

읽지도 않고 읽으면 안 되는 책이라고 말하며 린치를 가하던 리더의 저열함이 숨죽이고 있던 나의 분노를 끓어오르게 했다. 그날의 굴욕이 떠올라 나는 연거푸 술을 삼켰다.

그때 리더가 은미를 부르더니 자기 옆에 앉을 것을 요구했다. 은미는 기타를 퉁기는 경호 옆에 앉아 노래를 부르고 있었는데 성규와 더 가까웠다. 은미는 꿈쩍하지 않고 나무젓가락으로 케이크를 집어 먹었다. 은미 입가에 하얀 크림이 묻었다. 성규가 손가락으로 크림을 닦아준 게 결국 문제가 됐다.

— 아 시발, 적당히 해라. 은미 생일이라 참는다.

리더가 성규를 보면서 말했다.

— 나는 은미 생일이라서 못 참겠다. 시발 새끼야!

성규가 욕을 하며 갑자기 경호의 기타를 빼앗아 리더의 등짝을 후려갈겼다. 순식간에 벌어진 일이었다. 리더가 비명을 지르며 무덤가에 고꾸라져 뒹굴었다. 이번엔 두 손으로 야구 방망이를 쥐듯 기타의 넥을 잡더니 고꾸라진 리더의 몸을 사정없이 두들긴다. 울림통이 부서졌고 기타 줄이 이상한 소리를 냈다. 마치 격정적인 연주처럼 느껴졌다. 리더가 도망치려는 듯 엉거주춤 일어서려고 할 때였다. 이번엔 내가 리더의 얼굴을 발로 걷어찼다. 리더는 다시 넘어져 뒹굴었다. 뒹굴면서 소설의 표지를 움켜쥐었고 찢긴 표지의 예수 얼굴이 구겨졌다.

– 그만하라고!

은미가 성규 앞을 가로막았다.

성규는 씩씩거리며 웃고 있었다. 은미는 성규 손에 들려 있던 부서진 기타를 빼앗아 내게 던졌다. 멀리 치워달라는 뜻이었을 것이다. 나는 한쪽 발로 부서진 울림통을 밟고 기타의 헤드를 힘껏 잡아당겼다. 그리고 줄감개를 풀어 굵은 6번 기타 줄을 빼냈다.

– 울어라, 나의 기타여!

그 와중에 경호가 소리쳤다.

나는 구겨진 표지를 손에 쥔 채 신음을 토하며 엎드려 있는 리더를 일으켜 세웠다. 그리고 표지를 잃은 〈사람의 아들〉을 무덤 너머로 집어던졌다. 공중에서 한순간 날아가던 책이 펼쳐졌다 접혔다. 무덤 위로 활자들이 쏟아져 내리는 듯한 착각이 들었다.

무릎을 꿇은 리더는 고개를 수그린 채 허벅지 위에 두 손을 올려놓고는 연신 신음을 내뱉고 있었다. 나는 6번 기타 줄을 반으로 접어 길이를 조절한 후 리더의 손등을 향해 힘껏 내리쳤다.

– 아악!

리더는 무덤가를 데굴데굴 굴렀다. 단말마 같은 비명이 어둠이 내리는 숲속에 파고들었다.

　- 사람의 아들이라 좋겠다, 넌. 우린 어둠의 자식들이다. 시발 새끼야!

　소리를 지르며 리더의 얼굴을 향해 내가 다시 기타 줄을 내리치려 할 때, 경호가 내 손목을 힘껏 잡았다. 내 손에서 기타 줄을 빼앗은 경호는 근처 풀숲에 기타 줄을 던져 버렸다. 아마도 내가 기타 줄을 리더의 얼굴에 내리쳤으면 일은 걷잡을 수 없이 커졌을 것이다.

　은미가 울고 있는 리더를 일으켜 세워 숲을 빠져나갔다. 성규가 은미의 어깨를 붙잡았지만 은미는 성규 손을 뿌리쳤다.

　- 다 필요 없다고!

　사라지는 리더와 은미의 뒷모습을 향해 성규가 고래고래 고함을 질렀다. 성규의 목소리는 야포를 매달고 솔숲 위를 낮게 날아가던 치누크 헬리콥터의 엔진 소리에 묻혀 들리지 않았다.

　그랬다. 외롭고 아프다고 소리 높여 외쳤지만 누구도 우리의 목소리를 귀담아듣지 않았다. 숲을 두드리는 헬리콥터처럼 우리도 그렇게 답답한 가슴을 두드리며 거칠고 뜨거운 시절을 지나고 있었다.

9

후배가 선배를 때렸다는 소문이 나돌기 시작했다. 이전에도 그랬지만 성규와 나는 학교와 집만 오갈 뿐 그날 이후 바깥출입을 자제했다.

3교시가 끝났을 때 3학년 몇 명이 찾아와 성규와 나를 복도로 불러냈다. 그중 하나가 나와 성규를 손끝으로 가리키며 수업이 끝나자마자 솔숲 공터로 나오라고 말했다. 리더의 후배였다. 성규는 나를 보호하려는 듯 자기 혼자만 가겠다고 대답했다. 그리고 보란 듯이 내게 윙크를 하고 교실 안으로 들어가

버렸다.

며칠 전 우리에게 얻어맞은 리더가 앙갚음을 하기 위해 불러 내다는 걸 알고 있었지만 달리 피할 길도 없었다. 경호가 형 친구들에게 도움을 요청했지만 선배를 때린 건 잘못한 일이기 때문에 몇 대 맞고 끝내라는 말만 들어야 했다.

성규는 거듭 집합 장소에 나오지 말 것을 내게 당부했다. 나는 대답하지 않았다. 생각해보면 그날 응어리진 분노를 가장 후련하게 해소한 것은 성규도 경호도 아닌 바로 나였다. 내가 당했던 것처럼 리더의 손등을 향해 철사보다 날카로운 6번 기타줄을 내리칠 때, 나는 어떤 희열 같은 것을 느꼈다. 그때까지내가 아는 복수는 나중에 보자는 식의 아주 막연한 것이었다. 하지만 나는 그날 복수는 아주 구체적이어야 한다는 것을 깨달았다.

성규 혼자 외롭게 적들 앞에 서 있게 내버려 둘 수는 없었다. 매를 맞더라도 같이 맞는 게 혼자 맞는 것보다 덜 외롭다는 것을 우리는 학교에서 선생에게 맞으며 배웠다. 나는 경호에게 만일의 경우에 대비해 한 가지 일을 부탁한 후 성규보다 늦게 솔숲을 향해 떠났다.

은미가 리더를 좋아한 것은 아니다. 리더의 엄마가 클럽 마담이었기에 자주 만나다 보니 친해졌을 뿐이다. 성규 누나에 대한 반발심 같은 것도 있었을 것이다. 은미는 성규와 헤어질 것을 종용하는 성규 누나에게 같은 처지에 그럴 수 있느냐고 따진 적이 있다. 하지만 성규 집안의 슬픈 내력을 누나에게 듣고 난 뒤두 번 다시 대들지 않았다.

성규는 은미에게 집안 사정을 이야기하지 않았다. 은미는 뒤늦게 성규에게 미안하단 생각이 들었다. 하지만 은미는 보란 듯이 리더의 손을 잡고 다녔다. 그렇게 해서라도 성규를 떠나보내는 게 서로를 위한 일이라고 생각했기 때문이다.

그날 은미가 비틀거리는 리더를 부축해 숲을 빠져나갈 때 성규의 마음도 절룩이며 은미의 마음속을 빠져나갔다.

리더의 처지라고 해서 크게 다를 것은 없었다. 리더의 엄마는돈 많은 클럽 주인의 세컨드였다. 클럽 마담으로 일하며 홀로자식을 키우고 미군을 상대해 먹고사는 그녀의 인생 또한 고달프기는 마찬가지였다. 모두 같은 병을 앓고 있으면서도 타인의상처를 향해 손가락질을 했다. 골목마다 피 묻은 얼룩이 담벼락을 더럽혔다.

숲속 공터에서 리더와 그의 일당 몇 명이 성규를 세워 놓고돌아가며 주먹질을 해대고 있었다. 주먹이 날아올 때마다 성규가 억, 억하며 뒷걸음질을 쳤다. 그들은 구타 흔적이 남지 않는다는 가슴을 조준해가며 나름 정밀하게 주먹질을 했다. 리더는 주먹을 날릴 때마다 성규 얼굴에 대고 소리를 질렀지만 무슨 말인지 잘 들리지 않았다. 주먹보다 입이 빨랐다. 주먹 한 방에 욕 두세 마디가 튀어나왔다. 주먹으로 이길 자신도 없었을뿐더러 끝을 보겠다는 배짱도 없었던 것이다. 가죽 장갑까지 끼고 있었는데 장갑도 표정도 왠지 헐거워 보였다.

망을 보다 나를 발견한 무리 중 하나가 리더에게 뛰어갔다. 내가 도착한 사실을 알린 것이다. 뛰어오라는 그들의 독촉에 나는 살살 뛰는 시늉을 한다. 한순간 자괴감이 들면서 한숨이 새어 나왔다.

– 시발, 오지 말라니까.

성규가 나를 보고 소리쳤다. 그와 동시에 리더가 성규의 뺨을 후려쳤다. 조금 전까지 리더를 도와가며 점잖은 주먹질을 해대던 일당들도 놀라 뒤로 물러섰다. 그들은 결자해지 차원에서 진행되고 있는 리더의 복수를 지켜보며 어느새 방관자의 입장이 되어 있었다.

무리 중 제일 키가 작은 녀석이 나를 부르더니 자신의 존재감을 부각시키려는 듯 정성스럽게 표적인 내 가슴을 왼손으로 쓸어내렸다. 표적이 된 나는 퍽, 소리와 함께 나뒹군다. 아팠는데 정확히 어디가 아픈 건지 몰랐다. 나는 고통스러운 표정으로 옆에 서 있는 소나무를 짚고 일어섰다. 그리고 작고 분명한 목소리로 새가슴이니 정확하게 때려 달라고 부탁했다.

가슴뼈가 새의 가슴처럼 앞으로 툭 튀어나온 것을 두고 새가슴이라고 하는데 잘못 때리면 죽을 수도 있다는 설이 분분했기에 웬만하면 새가슴은 건드리지 않았다. 새가슴이란 말에 잠시 움찔하던 주먹이 이번엔 턱을 향해 날아왔다. 나는 소나무에 머리를 박으며 고꾸라졌다. 가슴을 맞은 것보다 더 아팠다. 녀석은 가슴에서 턱으로 표적의 위치만 바꾼 것이다. 사실 턱이든 가슴이든 내 몸뚱어리 전부가 표적이었다. 살아가는 일이 표적이 되어 매맞는 위치만 바뀌는 일일는지도 모른다. 성경 속 요나는 물고기 뱃속에라도 숨었지, 엄마 뱃속을 벗어난 이후 처음 내 몸을 숨길 수 있었던 곳이 솔숲의 성규 방이었다. 그런데 이제는 그마저도 위태로워진 것이다. 나는 새가슴이라고 내뱉은 걸 금방 후회했다.

나는 주먹이 날아올 때마다 바닥에 고꾸라져 시간을 벌었다. 그러나 성규는 바닥에 넘어지더라도 시간을 끌지 않았다. 바로 일어나 몸을 곧추세웠다. 성규보다 때리는 리더가 더 지쳐 보였다. 결국 리더는 주먹보다 말이 더 많아졌다. 성규의 입술과 코에서 붉은 피가 흘렀다.

성규는 어릴 때부터 아버지에게 참는 게 이기는 것이란 말을 수도 없이 들으며 자랐다. 아버지를 닮은 탓에 또래 아이들보다 골격도 좋았다. 불의를 보면 가만있지 못하는 성격 또한 아버지를 닮았다. 아버지가 군인이었을 때도 약한 아이들을 괴롭히는 말썽꾸러기들에게 하도 주먹질을 해대서 성규 엄마는 늘 치료비를 물어주며 다녀야 했다. 군인들이 반란을 일으킬 때도 끝까지 타협하지 않았던 아버지의 성격을 그대로 물려받은 것이다. 아버지가 강제로 예편을 당하면서 엄마가 쓰러지자 성규의 주먹질도 자취를 감췄다.

리더 무리 중 몇은 소나무 밑에 쪼그리고 앉아 담배를 피웠다. 그러나 누구 하나 리더와 키 작은 녀석의 주먹질을 말리거나 교대해줄 생각을 하지 않았다. 리더가 성규를 때리는 것이야 그렇다 치더라도 내 앞에서 내 몸을 두드리고 있는 키 작은 녀석은 괜히 끼어들었다는 표정이 역력했다. 나와는 어떠한 원한 관계가 없는데도 나를 때리고 있는 것이다. 나는 그들 사이의 느슨함을 엿보았다. 나와 성규와 경호에게서는 볼 수 없었던 틈이 그들 사이에 존재했다. 그 틈을 메우고 있는 것은 아마도 리더의 돈이었을 것이다.

그때였다. 어디선가 날카로운 호루라기 소리가 들려왔다. 때리거나 맞거나 혹은 그것을 관망하던 자들이 일제히 숲속을 응시했다. 호루라기 소리가 다시 숲의 적막을 찢었다. 나는 초소 경비원일 거라고 생각했지만, 혹시 경찰일 수도 있겠다는 생각이 들었다. 리더 무리의 생각도 다르지 않았다. 그들은 우왕좌왕하며 숲속 공터를 벗어났다. 리더는 망을 보던 친구를 구박하는 한편 성규의 뺨을 한 차례 세게 때리고는 일당을 뒤쫓아 힐 타운 쪽으로 달아났다.

호루라기 소리의 주인공은 경호였다. 아버지 권유로 어렸을 때부터 보이스카우트에 몸담았던 경호는 호루라기의 용도를 누구보다 잘 알고 있었다. 경호는 아주 작은 것부터 제 주먹만 한 것까지 다양한 호루라기를 갖고 있었다.

솔숲을 향해 출발하기 전 나는 경호에게 너무 늦도록 연락이 없을 경우 파출소에 신고해 줄 것을 부탁했다. 물론, 경호는 파출소에 신고하지 않았다. 파출소장과 모르는 사이도 아니었고 어차피 아버지 귀에 신고 내용이 흘러들어갈 게 뻔했기 때문이다. 경호가 생각해낸 방법이 호루라기였다. 경호는 가끔 호루라기를 불며 노래를 부르기도 했다. 그것이 무엇을 의미한다고 생각한 적은 없다. 그토록 요란한 호루라기 소리도 노래가 될 수 있다는 것을 경호 때문에 알게 되었다.

성규는 고막이 터지고 입 안쪽이 크게 찢어지는 바람에 한동안 병원을 다니며 약을 먹어야 했다. 인대가 늘어나 잠시 목발을 짚기도 했다. 나는 키 작은 녀석에게 맞은 왼쪽 가슴에 알 수 없는 통증이 생겨 한동안 숨을 크게 쉴 수 없었다. 성규나 나나 누구에게도 아픈 몸에 대해 얘기할 수 없었다.

성규는 자기 혼자 맞고 끝내면 될 일을 쓸데없이 끼어들어 얻어맞았다며 내게 화를 냈다. 내 마음을 몰라주는 성규에게 처음으로 서운함을 느꼈고 내 가슴은 더욱 아팠다.

은미가 성규 방에 몰래 다녀간 것은 성규가 생일 선물로 주었던 〈폭풍의 언덕〉을 다시 돌려주기 위해서였다. 책갈피에는 은미의 편지가 꽂혀 있었다. 성규 누나 말에 의하면, 은미는 클럽에서 만난 미군을 따라 텍사스로 떠났다고 했다.

성규에게.

성규야, 난 언제나 폭풍의 언덕에서 살았어.

넌 내 마음의 피난처였지.

네 방에서 한밤의 폭풍을 피할 때 내가 얼마나 편안했는지 모를 거야.

네가 시를 읽어주던 밤들은 죽을 때까지 내 영혼의 안식처가 될 거야.

네가 악마 같은 히스클리프라고 해도 난 널 나보다 더 좋아해.

이상하게 들리겠지만, 복수하고 싶은 마음 버리지 마.

그게 우리를 살아남게 해주는 힘이 될 테니까.

먼 곳으로 가지만 언젠가 우리 모두 다시 만날 수 있길 바랄
게.

    – 힐 타운에서 지내는 마지막 밤에 은미가

은미의 편지는 이기적인 사랑으로 가득했다. 떠나가면서 편지
속에 은근히 다시 만날 날을 기대하게 만드는 말들을 채워 넣
었다. 언제 왔는지도 모르게 떠나는 첫사랑이었기에 우리는 아
마도 두 번째 찾아오는 사랑 속에서 첫사랑의 마음을 발견하게
될 것이다.

어리다고 사랑을 모를까. 엄마는 열아홉에 결혼해 첫딸을 유
산했다고 말했는데, 생각해보면 열여덟은 어린 나이가 아니다.
더군다나 엄마는 마흔여덟 살에 죽었으니까, 열여덟 살은 최소
한의 어른이었던 셈이다.

남몰래 은미를 바라보며 피어나는 감정을 숨기기에 급급했던
나 역시 이기적이긴 마찬가지이다. 은미가 성규를 생각하듯 나
를 기억해 주기 바라는 이기적인 사랑이 내 마음속에도 숨어
있다. 나는 빼앗긴 적도 없으면서 최소한의 사랑이라도 지키고
싶었다.

우리는 사랑보다 복수와 질투를 먼저 배웠다. 고백하지 않은

사랑은 모두 타인의 사랑이 되었기에 언제나 빼앗기는 시간을 살았다. 그렇기에 행동하지 않으면 복수가 아니라고 생각했다. 어떻게 사랑하고 어떻게 복수할 것인가? 그러나 우리의 사랑은 복수보다 구체적이지 않았다. 은미가 떠나자 가을 색만 조금 더 구체적으로 짙어갈 뿐이었다.

안녕, 보이스카우트

10

경호는 보이스카우트 단원으로 평생을 살아도 나쁠 건 없다고 생각했다. 경찰이 되기보다 오두막집을 짓고 노래 부르며 사는 뮤지션이 되고 싶었다. 경호는 언제나 기타 케이스 주머니에 새끼손가락 굵기 정도의 끈을 넣고 다녔다. 경호는 할 일이 없을 땐 언제나 끈을 꺼내 매듭짓기를 하며 혼자 놀았다. 나와 성규에게 가르쳐준 매듭짓기 방법만 해도 일곱 가지가 넘었다.

– 끈을 이해하면 음악을 이해하는 데도 도움이 되거든. 매듭짓기를 알면 인간관계도 알 수 있지.

음악은 끈과도 같아서 인간과 인간, 인간과 우주를 이어주고 있다고 말했다. 매듭짓는 법을 알고 있으면 인간관계에 관한 행동요령을 터득할 수 있다고도 했다.

– 풀든지 끊든지 어쨌거나 풀리지 않는 매듭은 없어.

경호는 누차 나와 성규에게 말하곤 했다.

나는 고르디우스의 매듭을 칼로 잘라버리고 세계를 정복한 알렉산더처럼 무슨 일이든 풀리지 않을 때는 과감하게 끈을 자를 필요도 있다고 생각했다. 그것은 아버지와의 관계 설정에 대한 나의 다짐이기도 했다. 끈을 자를 때는 끈만 생각해야 한다고, 단칼에 잘라야 하니까 끈이 어디에 묶여 있는지는 중요하게 생각하지 말아야 한다고 스스로 확인하곤 했다. 아버지에게 묶여 있는 느낌처럼 아버지도 나를 불편하게 매달고 있는 것인지 모른다.

경호는 또래들로 구성된 그룹사운드에 들어가 기타리스트가 되었다. 연습 때문에 나와 성규를 만나는 시간도 점점 줄어들었다. 한 번은 공연장에서 리치 블랙모어의 속주를 흉내 내며 Highway Star를 빠르게 연주하는 경호의 손가락을 본 적이 있다. 그것은 마치 어떤 굴레에서 벗어나기 위해 끊임없이 반복하는 매듭 풀기처럼 보였다. 경호의 손가락은 지속적으로 기타 프렛에 갇힌 음을 밖으로 끄집어내려고 시도했다. 줄을 밀어 올리는 초킹을 통해 음을 높이려 해도 프렛 안에서는 한음 반 이상 이탈이 허용되지 않았다. 기를 쓰고 벗어나려 해도 언제나 같은 자리로 돌아와야 하는 우리의 청춘 음계가 기타의 초킹과 다르지 않았다. 초킹은 기타의 흐느낌이었다.

그 무렵 경호 아버지는 간암 말기 판정을 받았다. 갑자기 나락으로 떨어진 경호 아버지를 보면서 나는 새엄마 뒤에서 주먹을 움켜쥐는 일이 아무런 의미가 없다는 것을 깨달았다. 경호 아버지는 황달 때문에 얼굴이 노랗게 변했고 경호 엄마는 얼굴이 하얗게 질렸다. 경호는 아버지를 챙기면서도 연주를 멈추지 않았다. 공무원 대신 직업군인의 길을 걷기 위해 공수부대 하사관으로 입대한 경호 형이 잠시 휴가를 나왔지만 별다른 도움이 되진 못했다.

의사는 너무 늦었다는 말만 되풀이할 뿐이었다.

– 시내 아빠!

그 와중에 경호 아버지가 누워있는 병실로 웬 젊은 여자가 찾아와 울부짖었다. 그녀 손에 이끌려온 여자아이도 덩달아 울었다. 경호 아버지는 젊은 여자에게 울지 말라고 부탁한 후 경호 엄마를 보며 자기가 눈물을 흘렸다. 경호는 순간 여자아이와 자기가 어떤 끈으로 연결되어 있다는 것을 느꼈다. 핏줄은 가장 끊기 어려운 끈이라는 것을 경호는 알게 되었다.

복수가 차올라 둥글게 튀어나온 경호 아버지 배를 쓰다듬으며 젊은 여자가 울고 또 울었다. 갑자기 벌어진 황당한 일 앞에서 경호 엄마는 경호 아버지 머리 위에 걸린 링거처럼 뚝뚝 눈물만 흘렸다. 그리고 말문이 막힌 듯 등을 돌려 창밖을 쳐다보았다. 경호가 엄마 손을 잡아당기며 나가자고 말했지만 경호 엄마는 꿈쩍하지 않았다.

뒤늦게 간호사가 달려와 젊은 여자를 진정시켰다. 병실의 분위기도 흐린 가을하늘처럼 한껏 가라앉았다. 콧속으로 들어간 산소가 눈물이 되어 눈가에 넘치는 것처럼 경호 아버지는 코에 산소 공급 호스를 꽂은 채 계속 눈물을 흘렸다. 그리고 경호 엄마에게 말했다. 미안하다고. 그러나 그것은 죽기 직전에 발견된 말기 암처럼 너무 때늦은 사과였다.

– 시발, 인생은 끊고 맺는 걸 잘해야 한다니까. 매듭짓기처럼 말이지.

휴게실에서 주스가 든 캔의 뚜껑을 따며 경호가 말했다. 아무도 모르게 이중생활을 한 아버지에 대한 비아냥거림이기도 했고 그런 아버지의 피를 물려받은 자신에 대한 경고이기도 했다.

해 질 무렵 우리는 병원을 나와 역 광장을 향해 걸었다. 성규는 말을 잃은 듯했고 나는 경호에게 지난번 공연에서 보여준 연주는 환상적이었다고 말해 주었다. 경호는 주머니에서 끈을 꺼내더니 천천히 8자 매듭을 만들어 보였다. 매듭을 들어 보이며 당기면 당길수록 조여지는, 절대 풀리지 않는 매듭이라고 강조했다. 그러면서 우리의 삶도 벗어나려고 할수록 자꾸 더 조여지는 8자 매듭 같다는 생각이 든다고도 말했다. 그럴듯한 비유라는 생각이 들었다. 경호에게는 예언자적 기질마저 숨어 있는 듯했다. 말로는 설명할 수 없는 운명에 대해 끈 하나로 충분히 나와 성규를 이해시키고 있었으니까.

─ 끈 중에서는 뭐니 뭐니 해도 가방끈이 최고지.

말 한마디 없던 성규 입에서 의외의 말이 불쑥 튀어나왔다. 나와 경호는 놀란 표정을 짓다가 이내 깔깔거리며 웃었다. 우리의 웃음소리 때문에 광장 한구석의 잡초가 잠시 부풀어 올랐다가 내려앉았다.

도망치려고 다시 역 광장에 모인 건 아니지만 우린 모두 어딘가로 떠나야 할 때가 가까이 다가왔음을 느꼈다. 언젠가는 다시 돌아가고 싶어 몸부림치겠지만 그것은 나중에 생길 일, 지금 우리는 떠나고 싶은 마음뿐이다. 집, 고향, 부모, 첫사랑 같은 말들은 원래 떠나야 비로소 그리워지는 것들이지만 아직은 우리의 발목을 잡고 놓아주질 않고 있다.

광장을 가로질러 반대편 저탄장 앞 골목 입구에 도착했을 때,

붉은 유리방 안에 앉아 있던 여자가 미닫이문을 열고 경호에게 아는 체를 했다. 그녀는 바비인형 같았다. 경호는 짧게 인사만 하고 고개를 돌렸다. 아는 여자냐고 내가 물었고 경호는 대답 대신 고개만 한 번 끄덕였다. 그녀는 하얀 강아지를 안고 있었다. 나는 경호에게 인형 같은 여자의 방에서 강아지도 함께 지내는지 물었다. 여자의 방에 들어간 적 있느냐는 물음이기도 했다. 경호는 그렇다고 대답했다.

– 했냐?

– 아니!

경호 형은 입대하기 전 평택역 광장의 음악다방으로 경호를 불러내 아버지의 또 다른 살림에 대해 얘기했다. 아버지에게 엄마 외에 다른 여자가 있다는 말을 듣고도 경호는 아무런 반응을 보이지 않았다. 경호 형은 그런 경호의 태도가 조금 못마땅한 듯했다. 경호 아버지가 피를 토하며 쓰러진 후 간암 말기 판정을 받기 얼마 전의 일이었다.

그날 저녁 취한 형제는 붉은 거리를 찾아갔다. 익숙한 걸음으로 어느 붉은 유리방을 찾아간 경호 형은 인형 같은 여자를 불러내더니 경호와 함께 좁은 방 안으로 밀어 넣고는 사라졌다. 경호는 붉은 방 안에서 인형 같은 여자와 그녀의 하얀 강아지와 함께 놀았다. 경호 형이 인형 같은 여자에게 대신 돈을 지불

했지만 경호는 끝까지 옷을 벗지 않았다.

며칠 후, 경호 아버지가 죽었다. 성규와 나는 학교를 마친 후 이틀 동안 저녁마다 장례식장에 가서 일을 도왔다. 경호는 울지 않았다. 경찰 대신 공수부대 하사관이 된 경호 형은 씩씩하게 울었다. 경호 엄마는 깊은 생각에 잠겨 앉아 있다가 갑자기 바닥을 치며 통곡을 하곤 했다. 그럴 때마다 시끄럽던 장례식장이 숙연해졌다. 화투를 치던 사람들도 잠시 손동작을 멈추고 화투장 쥔 손을 슬그머니 거둬들였다.

사람들은 장례식장 구석에 앉아 어린아이를 재우고 있는 여자를 보고 수군거렸다. 경호네 식구들은 여전히 젊은 여자에 대해 아는 게 없었다. 살아 있는 두 여자가 어제 죽은 한 남자의 주검 앞에 서글프게 놓여 있었다. 한 남자의 죽음 때문에 세 여자의 삶이 불확실해지다니, 죽은 남자의 거짓과 불행은 죽지 않았다. 남자가 남긴 자식과 문상객들 속에서, 살아있는 여자들이 여전히 죽은 남자에게 의존하고 있었다.

경호 말처럼 인생은 매듭짓기를 잘해야 한다. 경호 아버지가 매듭짓지 못하고 떠난 탓에 남겨진 여자들은 갑자기 엉켜버린 매듭을 풀기 위해 한동안 고통 속에서 살아가야 할 것이다. 그들을 보면서 새엄마와 새로운 매듭을 엮은 아버지를 용서하지 못할 것도 없다는 생각이 들었다.

나는 경호 아버지의 비극 2막을 참관하며 시월의 마지막 하루를 묘지에서 보냈다.

11

장지에서 돌아온 우리는 성규 방에 가서 라면을 끓여 먹었다. 경호는 아버지의 또 다른 여자와 엄마가 함께 손을 잡고 우는 모습을 보았다고, 이해할 수 없는 장례식장 풍경이었다며 목소리를 높였다. 얼마 동안 두 사람이 함께 지내기로 했다는 얘기도 덧붙였다.

　— 서로 위로받는 게 중요하지. 아버지가 돌아가시지 않았다면 어떻게 두 사람 사이에 위로가 오고 갈 수 있었을까.

　누가 적인지 알 수 없는 세상이라고 투덜거리는 경호를 위로

하며 내가 말했다. 아버지의 죽음이 두 여자에게 위안을 주었다는 소리로 들릴 수도 있겠다 싶어 경호에게 미안한 생각이 들었다.

한 남자를 사랑한 두 여자 이야기는 서글프다. 한 여자를 사랑한 두 남자 이야기와는 어딘가 모르게 느낌이 다르다. 경호 아버지는 이제 경호 엄마든 시내 엄마든 어떤 여자에게도 갈 수가 없다. 비로소 공평해진 것일까. 대신 죽은 경호 아버지가 두 여자의 마음속으로 찾아갈 수는 있을 것이다. 두 여자는 힘든 삶을 마저 견뎌야 한다. 사람들은 남녀의 사랑보다 남녀가 따로 또 같이 살았다는 사실에만 자꾸 초점을 맞추는 것 같았다.

성규 방엔 뱀술이 담긴 유리병이 놓여 있었다. 죽은 뱀이 마치 살아있는 것처럼 느껴졌다. 뱀술은 성규 아버지가 성규 엄마의 병 치료를 위해 살모사를 잡아 담근 것이다. 몇 년 동안 땅속에 묻어 두었던 것을 얼마 전 꺼냈는데 정작 성규 엄마는 뱀술을 입에 대지도 않았다. 그것을 성규가 들고 온 것이다.

– 살모사는 어미 몸 밖으로 나와서 어미를 잡아먹는대.

– 알을 낳지 않고 새끼를 낳는 게 너무 힘들기 때문에 그렇게 보이는 거래.

경호가 말했고 유리병 속의 죽은 뱀을 쳐다보며 내가 대답했다.

– 잡아먹든 잡아먹히든 우리가 저 병 속의 살모사와 다른 게 뭐냐?

성규가 말했다.

성규는 유리병 뚜껑을 열고 그 안에 다시 고무줄로 꽁꽁 동여맨 비닐을 뜯었다. 그런 다음 병 입구에 망을 덮은 후 조심스레 작은 주전자로 술을 옮겼다.

– 자, 애들은 가고… 한 잔씩 마셔봐.

성규가 뱀 장수 흉내를 내며 천천히 주전자에 담긴 술을 잔에 따랐다.

술은 옅은 갈색빛이 감돌았다. 성규는 아버지가 살아있는 뱀의 머리를 엄지와 검지로 잡고 병 속으로 집어넣는 것을 보았다고 했다. 어떻게든 자식들을 병 안으로 집어넣으려는 부모의 심정은 잘 모르겠다. 하지만 병 속에 갇히지 않으려 사력을 다해 온몸으로 성규 아버지의 손목을 감고 또 감았을 뱀의 심정은 이해가 됐다. 술은 독했고 우리의 혀도 병 속의 뱀처럼 자꾸만 꼬여갔다. 술병에 담긴 뱀도 술에 취해 죽어갔을 것이다.

성규는 은미에게서 돌려받은 책을 펼쳤다가 다시 덮었다. 〈폭풍의 언덕〉에 가고 싶다는, 다소 엉뚱한 말을 내뱉고는 기타를 집어 들었다. 언제나 그랬듯이 경호는 이미 다른 기타를 가슴에 안고 있다. 성규는 이글스의 Desparado를 부르기 시작했다.

노랫말의 주인공은 남자였지만 성규는 아마도 은미를 생각하는 것 같았다.

고통과 허기가 당신을 집으로 데려다줄 거예요.
자유, 자유는 단지 사람들의 이야기일 뿐이죠.
오히려 세상에 혼자 있는 것이 감옥입니다.

성규가 코드를 짚으며 노래를 부르자 경호가 애드리브로 멜로디를 넣어가며 기타를 연주했다. 나는 드럼 스틱을 손에 쥐고 〈폭풍의 언덕〉 표지와 뱀이 든 술병을 천천히 두드렸다. 술병에 담긴 뱀이 금방이라도 고개를 쳐들고 혀를 날름거릴 것만 같았다. 죽은 뱀의 살갗이 아주 조금씩 허물어져 앙금이 되어 바닥으로 가라앉았다.

우리는 밤새 두드렸다. 헤어진 여자 친구가 숨어 들어간 책의 표지와 죽은 뱀이 담긴 술병과 답답한 가슴에 안긴 기타와 술에 취해 구토하는 서로의 등을 두드렸다. 아무것도 열린 것은 없었지만 잠깐잠깐 아주 작은 틈이 보이긴 했다. 문틈, 책갈피, 술병, 입술, 시험지 같은 것들을 파고들며 어쩌면 우린 세상의 틈만 노리며 살아가야 할는지도 모른다는 생각이 나를 사로잡았다.

12

성규 누나는 밤늦게 돌아왔다. 솔숲은 주변 사람에겐 낯선 공간이지만 미군들에겐 익숙한 곳이다. 성규 누나는 혼자 밤길을 걸어 돌아오는 날도 있지만 주로 클럽에서 만난 미군의 차를 얻어 타고 집으로 돌아오곤 했다. 그녀는 한밤중 숲속의 차 안에서 이국의 사내들과 뒤엉켰다. 불 꺼진 자동차가 요람처럼 흔들리다가 갑자기 경적이 울릴 때도 있었다. 그럴 때마다 그녀는 깔깔거리며 웃었다. 사내들은 웃는 그녀를 집 근처 숲에 내려놓고 부리나케 숲길을 되돌아나가곤 했다. 굽은 숲길도, 숲의 나무도, 숲을 지키는 경비원도, 성규 아버지도, 우리 모두 성규 누나의 비밀을 알고 있지만 모르는 척할 뿐이었다.

성규 누나는 검고 긴 생머리를 갖고 있었다. 부는 바람만 그녀의 생머리를 좋아하는 건 아니었다. 백인이든 흑인이든 유난히 그녀의 검은 생머리에 집착했다.

— 너도 날 이상한 눈으로 쳐다보는구나?

늦은 오후, 집을 나서던 성규 누나가 새끼 염소를 쳐다보며 말했다. 아니, 염소 옆에 있던 내게 던진 말일는지 모른다. 내 마음속에도 다른 사람들처럼 성규 누나에 대한 편견 같은 게 숨어 있는 것일까? 기지촌 사람들은 뭐든 잘 숨긴다는 걸 나는 안다. 마음이든 돈이든 빼앗겨본 적 있는 사람들은 본능적으로 숨기는 버릇이 있다.

그녀 아버지가 그랬던 것처럼 그녀는 세상과 단절된 숲속의 집에 스스로 갇히길 원했다. 손가락질이나 부풀려진 소문 따위는 신경 쓸 필요가 없는 미군들과의 만남에서 작은 해방감을 얻곤 했다. 숲과 이국의 사내들에게 스스로 갇히는 것, 그것이 그녀의 자유였다.

성규 누나는 편견 없는 클럽 분위기를 즐겼다. 낮에 밖으로 나가면 나쁜 소문이 그림자처럼 그녀를 따라다녔지만 밤에 밖으로 나가면 인종 불문하고 사내들이 그녀를 따라다녔다. 집안

환경이나 학력 같은 것은 클럽에서 아무런 문제가 되지 않았다. 그녀는 흙먼지 날리는 길 위에 내려앉을까 말까 망설이는 검은 제비나비와 같았다. 땅 위에 내려앉지도 않았고 하늘 높이 날지도 않았다. 손에 잡힐 것 같았지만 쉽게 잡히지도 않았다. 사내들은 그런 그녀를 쫓으며 나비놀이를 즐겼다.

성규가 술과 뱀이 담긴 유리병을 들고 일어섰다. 경호와 나는 초점이 풀린 눈으로 성규 손에 들린 술병과 병 속의 뱀을 번갈아 가며 바라보았다. 밖으로 나간 성규는 도랑 풀숲에 술과 뱀 찌꺼기를 쏟아버렸다. 나는 뱀의 다리라는 뜻을 가진 사족에 대해 생각했다. 뱀은 온몸이 다리인 셈인데 어쩌다 술병 속에 갇히게 되었을까? 성규 아버지 눈에 띈 게 뱀의 잘못은 아닐 것이다.

성규는 방으로 돌아와 다시 〈폭풍의 언덕〉을 펼쳤다.

– 왜 언제나 똑같은 페이지만 펼쳐지는 걸까?

– 펼쳐진 책처럼 우연도 반복되면 필연이 되겠지.

성규와 내가 책에 관한 말을 주고받았다.

성규 손에서 매번 펼쳐지던 그 페이지는 은미의 편지가 꽂혀 있던 갈피였다. 은미는 일부러 그 페이지를 펼쳐 편지를 꽂아 넣었을 수도 있고 우연히 펼쳐진 곳에 편지를 끼워 넣었을 수도 있다. 성규는 떠난 은미의 편지를 읽고 난 뒤 매번 같은 자리에 편지를 꽂아 두었다. 나는 그런 성규를 보며 사람 사이에서도 길들여지면 운명이 될 수도 있다는 생각을 했다.

살아가면서 몇 번쯤은 운명적인 페이지를 만나게 될 것이다. 어느 페이지에서는 누군가의 마음을 얻기 위해 오랜 시간 머물러야 할 수도 있을 것이며, 어느 페이지에서는 누군가를 이해하기 위해 그 사람이 지닌 의미에 밑줄을 치며 한 생을 보낼 수도 있을 것이다. 물론, 그 페이지에서 생이 끝나버릴 수도 있다.

지금 우리는 삶의 도입부를 작성하고 있는 중이다. 어떤 내용으로 채워야 할지 잘 모르겠지만 그 어떤 책이든 첫 문장이 중요하다는 것은 알고 있다. 그러나 우리의 첫 문장은 서툴렀다. 누군가 우리 인생의 서문을 들여다보고 점수를 매긴다면 아마도 형편없는 점수가 나올 것이다. 인정하기 어렵지만, 지금은 시련이 우리의 선생이다. 엉터리 문장은 다시 고쳐 쓰면 된다. 한 문장 한 문장 써 내려가다 보면 살아가는 일들이 조금씩 익숙해질 것이다.

성규가 기타를 벽에 세워 놓고 〈폭풍의 언덕〉을 베고 눕는다. 성규의 가슴에도 폭풍이 이는 듯 거친 숨소리가 새어 나왔다. 이번에는 경호가 밖으로 뛰쳐나가 꺼억 소리를 내며 구토를 했다. 여전히 우리는 첫 문장을 잘 못 쓰고 있는 게 분명했다.

울랄라

13

시 한 편을 학교신문에 발표했다. 이번에는 국어 선생도 내가 쓴 시의 순수성을 의심하지 않았다. 내가 발표한 몇 편의 시를 국어 선생이 활동하고 있는 시 창작 모임에서도 눈여겨보았다는 이야기가 들렸다. 국어 선생도 내시를 인정할 수밖에 없었을 것이다.

나의 시작법은 간단했다. 왜 그것에 대해 쓰고 싶은지 스스로 묻고 그 대답을 적는 방식이었다. 잘 모르는 것에 대해서는 알 수 없다고 적었다. 나는 시 쓰는 일을 반성문 쓰는 일이라고 생각했다. 물론, 반성하지도 않으면서 위기를 모면하기 위해 잘못을 깊이 뉘우친다는 내용의 반성문을 쓴 적이 있다. 시든 반성문이든 타인에게 보여주기 위해 쓴다는 게 문제라는 생각이 들었다. 자기 자신을 위한 시, 자기 양심을 위한 반성문을 써야 한다. 그럼에도 불구하고 시에서는 거짓말도 아름다울 수가 있다. 언젠가 반성문을 쓰며 죽을죄를 지었다는 말을 다섯 번 연속으로 써 놓은 적이 있었는데, 참담한 결과로 이어졌다. 반성의 기미가 보이지 않는다며 몽둥이로 엉덩이를 두들겨 맞았던 것이다. 하지만 시를 쓰며 죽을죄를 지었다는 말을 다섯 번 연속으로 적었더니 멋진 표현이라는 말을 들었다. 사람들은 내 시를 읽으면 그늘이 느껴진다고 했다. 나는 내 시에서 그늘이 느껴져서 좋다. 시는 내 그림자라는 생각이 들었다.

학교신문에 발표한 〈왜가리〉라는 시는 성규를 생각하며 쓴 시다. 리더에게 맞아 고막이 터지고 인대가 늘어나 병원에 다녀야 했던 성규를 보며 쓴 것이다. 절룩거리며 숲길을 걸어오던 성규를 보면서 나는 왜가리를 떠올렸다. 그때, 왜 내가 먼저 그에게 다가가지 않고 다친 그가 내 앞에 당도하기만을 기다렸는지 지금도 알 수가 없다. 목발을 짚고, 잠깐 쉬면서 먼 데를 바라보는 성규의 모습이 개울가에 내려앉은 왜가리 같다는 생각이 들었다.

목발을 짚고
네가 온다
너는
절룩거리는 식탁처럼
불편하게 느껴지진 않지만
어딘가 모르게 불안하다

누나의 바람대로 법대 진학을 작심한 성규는 쓸쓸한 왜가리처럼 주위의 모든 것들로부터 멀어져 갔다. 시도 나도 경호도 성규에게서 멀어질 수밖에 없었다. 우주선이 행성의 중력을 이용해 가속을 얻는 스윙바이처럼 성규는 가족이라는 중력에 잡혀 그 원심력으로 집 주위를 돌다가 한순간 방향을 틀어 캄캄한 우주로 뛰쳐나가 버렸다.

학교신문에 실린 〈왜가리〉를 눈여겨본 불어 선생이 수업 시간에 굳이 나를 일으켜 세워 시를 읽게 했다. 별명이 울랄라였던 불어 선생은 시가 멋지다는 칭찬과 함께 대학에 가서도 문학을 전공하면 좋겠다는 말을 덧붙였다. 아이들은 부러움과 놀림이 섞인 야유를 보냈다. 불어는, 아니 불어 선생의 목소리는 뭔가 생소하면서도 귀를 즐겁게 했다.

가끔 미군 장교가 와서 영어회화를 가르치기도 했지만 영어는 불어보다 흥미롭지 못했다. 기지촌답게 상가 간판 곳곳에 영어가 사용되었다. 그런데 이상하게도 학생들의 영어 점수는 바닥이었다. 몇몇 아이들은 영어로 대화가 가능했지만 그들 역시 시험만 보면 헤맸다. 영문법은 미국 본토처럼 멀게만 느껴졌다. 영어회화는 곧잘 하는데 영어 점수는 형편없는 원인을 누구도 관심 있게 살펴보지 않았다.

– 선생님 심부름 좀 해줄래?

2학기 중간고사가 끝나는 날 울랄라 선생이 교무실로 나를 불렀다. 그녀는 원고지 한 장을 내게 건넸다. 저녁때 문화원 뒤편 건물에서 독서 모임이 있는데 너에게도 도움이 될 것 같으니 함께 가자는 내용과 간단한 약도가 그려져 있었다. 학교 바깥에서 진행되는 모임이라 교무실에서 말로 전하기가 조심스러운 것 같았다. 쪽지를 받아들고 나오는 나를 국어 선생이 날선 눈빛으로 쳐다본다. 나는 가볍게 목례를 하고 서둘러 교무실을 빠져나왔다. 교무실은 서커스장 대기실 같았다. 종이 울리자 다음 공연을 준비하는 조련사들이 출석부와 회초리를 들고 일제히 일어섰다.

일부러 두 정거장 전 버스 정류장에서 내린 나는 천천히 역 광장을 가로질러 문화원 쪽을 향해 걸었다. 붉은 등이 켜진 유리방 안을 들여다보며 걸었지만 경호가 아는 인형 같은 여자는 보이지 않았다. 대신 팔뚝에 문신을 새긴 건장한 사내가 하얀 강아지를 안고 유리방 안에 서 있었다. 갑자기 강아지가 시끄럽게 짖었다. 깜짝 놀란 사내가 강아지의 뒤통수를 냅다 후려친다. 겁먹은 강아지는 더 이상 짖지 않았다. 사내와 눈이 마주친 나는 재빠르게 광장을 벗어났다.

울랄라 선생은 건물 앞에 서 있었다. 그녀가 나를 기다리고 있었다는 사실만으로도 내 몸은 떨렸다. 어두울수록 울랄라 선생의 얼굴이 오히려 환하게 빛났다. 그녀는 반갑게 내 이름을 부르며 옷소매를 잡아끌었다. 그리고 또박또박 계단을 걸어 3층으로 나를 안내했다.

울랄라 선생 몸에서 은근하고 향기로운 냄새가 났다. 은미 냄새와는 달랐다. 나는 그녀의 향기를 몸 안에 넣기 위해 계단을 올라가면서 몇 번이나 숨을 깊게 들이마셨다. 그녀는 내가 힘들어서 그러는 줄 알고 다 왔다는 말을 두 번이나 반복했다.

문을 열고 안으로 들어가자 먼저 도착한 사람들이 의자에 앉은 채로 울랄라 선생과 나를 번갈아 가며 쳐다보았다. 그녀는 몇몇 사람과 인사를 나누었다. 교사 5명과 학생 5명, 모두 10명이 한자리에 모였다. 교사들로 구성된 독서 모임이었다. 책 읽기를 즐기는 학생을 한 명씩 데려오기로 했던 것인데 울라라 선생이 나를 선택한 것이다.

각자 자기소개를 했다. 내가 머뭇거리자 울랄라 선생은 시를 잘 쓰는 문학소년이라고 나를 소개했다. 나는 문학소년보다 이왕이면 문학청년으로 불러달라고 요구했다. 모두 웃으면서 다소 엉뚱한 내 말에 동의를 해주었다.

다음 모임에 토론할 책은 노동자의 아픔이 담긴 시집이었다. 모임이 끝나고 다 함께 식사를 한 후 헤어졌다. 울랄라 선생은 내게 책을 빌려주겠다고 했다. 나는 그녀와 함께 버스에서 내린 후 한참을 걸어 그녀의 자취방 앞에 도착했다. 나는 문밖에서 기다렸고 그녀는 두 권의 책을 들고 나와 다시 내 앞에 선다. 장 그르니에 산문집 〈섬〉과 릴케가 쓴 〈말테의 수기〉를 건넨 그녀는 조심해서 가라고 말하며 손을 흔들었다. 순간 내 가슴속에서 무언가 샘물처럼 솟아오르는 게 느껴졌다. 내게 무슨 일이 생기고 있는 게 분명했다. 두근거리는 마음을 들킬까 봐 나는 뒤돌아보지 않았다. 골목을 빠져나와 생각해보니, 뒤돌아보지 않았으므로 내 마음을 들킨 것만 같았다.

14

사람들은 살기 위해서 여기로 몰려드는데, 나는 오히려 여기에서 사람들이 죽을 것 같은 생각이 든다.

– 9월 11일 툴리에가에서

울랄라 선생을 만나러 가면서 나는 〈말테의 수기〉에서 릴케가 묘사한 파리에 대해 생각했다. 한 번도 가 본 적 없지만 요즘 나는 20세기 파리의 어느 후진 호텔에 기거하고 있다. 나는 무너진 집의 벽과 병원, 장님 야채 장수, 여자 거지, 기괴한

무도병 환자, 우유 가게에서 만난 빈사 상태의 남자, 신경쇠약에 걸린 의학생을 만났다. 그리고 릴케가 좋아졌다. 모든 게 울랄라 선생 때문이다.

토론이 끝날 무렵 교사 중 한 명이 자리에서 일어나 시를 낭송했다. 이 시를 읽지 않고서는 도저히 견딜 수 없다는 말과 함께 시집을 펼쳤다. 자리에서 일어나려던 사람들이 엉거주춤한 자세로 다시 의자에 몸을 구겨 넣는다. 그는 잘린 노동자의 손을 공장 담벼락 밑에 묻는다는 구절을 읽더니 갑자기 울기 시작했다. 당황스러웠다. 곁에 있던 여학생도 함께 눈물을 흘렸다. 선생의 무너진 감정에 대한 동조인 것 같았다.

솔직히 나는 가난하고 배우지 못한 노동자의 고단한 현실이 그 자리에서는 별로 실감 나지 않았다. 미군부대 노동자인 아버지의 모습을 떠올렸지만 눈물로 연결되지 않았다. 당황스러워하는 학생들과 달리 교사들은 대체로 이해한다는 표정이었다.

아직 어리기 때문일까? 나도 언젠가는 노동자가 되겠지만 시한 편으로 노동자의 심정을 이해할 수는 없었다. 책과 현실의 경계에 내 자리가 있었다. 노동자인 아버지가 집에서 가끔 권위를 명분 삼아 독재자의 모습으로 변하곤 했기에 노동자는 약자라는 개념이 내겐 없었다. 구두수선공인 아버지와 재봉사 어머니 사이에서 태어났다는 스탈린을 잠시 떠올렸다. 그럴 수도,

아니 그럴 수밖에 없었을 것이라는 생각이 들었지만 여전히 노동자의 독재를 이해할 수가 없다.

나는 〈말테의 수기〉를 조용히 펼쳤다.

'젊었을 때는 시 같은 것을 써 봤자 소용이 없다. 기다려야 한다. 한평생에 걸쳐서, 가능하면 늙을 때까지 의미와 달콤함을 모아야 한다. 그리고 그렇게 한 뒤에야 10줄 정도의 좋은 시를 쓸 수 있을지 모른다. 시는 감정이 아니라 체험이니까.'

나는 밑줄 쳐진 문장을 옆에 앉아 있는 울랄라 선생에게 보여 준다. 나의 행동에는 책을 빌려준 것에 대한 감사와 책을 허투루 읽지 않았다는 자랑이 뒤섞여 있었다. 당당한 숙제 검사 같은 기분이 들었다.

울고 있는 선생의 감정을 건드린 시는 좋은 시가 분명했다. 다만 내가 그 시를 쓴 시인의 체험을 갖지 못했을 뿐이다. 모든 사람이 좋아하는 시를 쓴다는 것은 얼마나 어려운 일인가. 글로 누군가를 울릴 수 있다는 건 축복받은 재능이다. 언어가 감정을 다스릴 수 있다는 증거니까. 〈말테의 수기〉에 적힌, 시와 죽음과 불안에 관한 릴케의 생각은 앞으로도 오랫동안 나의 생각을 지배할 것이다. 그리고 나는 체험에 대해 생각했다. 릴케는 연상인 루 살로메와의 사랑을 통해 체험의 영역을 넓혀 갔다. 울랄라 선생이 내게 책을 빌려주었을 때, 전하고 싶은 어떤 메시지가 있었을 것이라고 나는 생각했다.

이제 소년의 감정은 더 이상 쓸모가 없다. 어른스럽지 않은 감정은 버려야 한다. 아무에게도 나에 대한 관심을 부탁하지 않았지만 울랄라 선생에게만큼은 나의 고민을 맡기고 싶다. 나는 어른의 몸짓을 체험하고 싶어졌다.

— 책에 밑줄 쳐서 죄송해요.

나는 몸을 기울여 조금 낮은 소리로 울랄라 선생의 귀에 대고 속삭였다. 몸을 기울일 때 마음도 기울었다. 그녀는 붉은 얼굴로 대답 대신 울고 있는 교사에게 시선을 고정한 채 고개를 끄덕였다. 나는 그녀의 귀밑에서 피어나는 향기 때문에 잠시 정신이 혼미해졌다.

여전히 울먹이고 있는 선생은 시에 적힌 노동자의 현실에 집중한 나머지 학생들의 배고픈 현실을 고려하지 못했다. 토론을 끝낸 교사들은 눈물과 울분을 간직한 채 근처 술집으로 향했다.

울랄라 선생은 학생들을 이끌고 분식집에 갔다. 함께 김밥을 먹던 그녀는 뒤늦게 술자리에 합류했다. 김밥을 다 먹은 나는 책을 돌려준다는 핑계를 대고 술집으로 들어가 그녀에게 〈말테의 수기〉를 반납했다.

누군가는 놀리면서 내게 술을 권했고 또 누군가는 그러면

안 된다고 말렸다. 어른들의 술자리는 생각보다 멋지지 않았다. 그녀는 내게 돌아가라고 손짓했다. 며칠 전 대문 앞에서 그랬던 것처럼. 나는 허리를 숙여 모두에게 인사한 뒤 동굴 같은 술집을 빠져나왔다.

다섯 번째 모임이 있던 날 저녁에도 교사들은 토론과 낭독을 마치고 술집에서 회합을 가졌다. 그날 그녀는 그들과 함께하지 않았다. 지난번 모임 때 책을 반납하겠다고 술집으로 찾아왔던 나의 행동이 신경 쓰이는 것 같았다.

나는 그녀와 함께 버스를 탔고 정류장에 내릴 때까지 한 마디도 하지 않았다.

– 이제 그만 돌아가야지?

골목 어귀에서 앞서 걷는 내 등에 대고 그녀가 말했다.

– 습관이 되면 안 될 것 같아서.

내가 뒤돌아서자 가로등을 등진 내 그림자가 그녀의 얼굴을 가렸다. 나는 조금 비켜섰는데 그녀의 콧등이 유난히 반짝였다.

– 제가 불편한 건 아니죠?

– 불안해져서 그래.

나는 불안이라는 말을 듣고는 가슴이 답답해졌다.

– 걱정하지 마세요. 나쁜 마음 아니니까.

뜬금없는, 나쁜 마음이라는 말에 그녀는 조금 당황한 것 같았다. 하지만 이내 웃기 시작했다. 향수 냄새는 웃을 때 더 멀리 퍼지는 것 같다. 그녀의 향수 냄새가 나의 폐부 깊숙이 파고들었다.

그녀의 웃음은 오래 지속되지 않았다. 혼자서 오래도록 우는 건 가능하지만 웃는 것은 그렇지 못하니까. 웃음은 간지럼 같은 지속적인 자극 없이는 부푼 꽃망울처럼 한 번 터지면 그것으로 끝이다.

나는 맥박이 뛰는 곳에 향수를 뿌리는 이유를 생각했다. 그녀의 심장은 웃기 전부터 빠르게 뛰었던 게 분명하다.

─ 아니다. 함께 걷자.

어색한 분위기를 벗어나려 한 건지, 아니면 불안을 받아들이기로 한 건지 모르겠지만 그녀는 내 외투를 잡아끌었고 우린 골목 안으로 천천히 걸어 들어갔다. 가로등 불빛 아래 있을 땐 잘 보이지 않던 길이 오히려 어둠 속에 들어오니 제대로 보이기 시작했다.

그녀는 불편과 불안에 관해 얘길 했고 나는 듣기만 했다.

─ 어릴 적 아빠는 다락방에서 살았어. 아빠가 다락방으로 오르는 나무 계단을 밟을 때마다 온 식구가 하던 일을 멈추었지. 동생은 밥을 먹다가도 숟가락을 든 채 오물거리던 입을 닫아야 했고, 나는 삐거덕거리는 천장을 바라보며 숨을 죽여야 했어.

아빠가 부르면 엄마도 다락방으로 올라가야 했고. 아빠가 다락방에서 계속 살았으면 좋겠다고 생각했어. 나중에 엄마는 다른 남자를 만났지. 처음엔 엄마가 아빠에게 들킬까 봐 불안하기만 했는데 시간이 지날수록 오히려 아빠가 불편하게 느껴지는 거야. 그냥 그랬다고.

대문 앞에 다다를 때까지, 왠지 모르게 마치 내가 나무 계단을 밟고 서 있는 것처럼 불안한 느낌이 들었다. 독서 토론 모임이 있는 날마다 그녀와 함께 어두운 골목길을 걸었지만 한 번도 불안하다는 생각을 해 본 적은 없었다. 함께 비밀을 나누어 갖게 되는 순간부터 불안이 찾아온 것 같았다. 그녀에 대한 야릇한 감정을 스스로 알아차렸을 때도 오늘처럼 불안하진 않았다. 그러나 내가 지닌 감정을 그녀도 갖고 있다는 확신이 들었을 때 비로소 나는 불안에 눈뜨게 되었다.

– 불편하게 굴지만 않으면 돼.

그녀가 검지를 세워 자기 입술에 갖다 대며 말했다. 비밀을 지키라는, 아니 함께 비밀을 지키자는 뜻인 것 같았다. 그녀가 손가락을 자기 입술에 댔을 때 나도 모르게 입술에 힘이 들어갔다. 함께 밤길을 걷는 시간이 쌓일수록 비밀 또한 쌓여 갔다. 세상 모든 남녀 간의 비밀은 함께 걷는 것으로부터 시작된다는 생각이 들었다.

나는 어린 시절의 그녀를 불안하게 만들었던 다락방을 상상했다. 어쩌면 오늘 밤 내가 삐거덕거리는 계단을 밟고 그녀가 머무는 다락방에 올라간 것인지도 모른다.

15

경호가 학교를 그만두었다. 얼마 전 문화원 앞에서 만났을 때 경호는 내게 자퇴에 관한 고민을 얘기했었다. 나는 울랄라 선생과의 약속 때문에 경호의 고민을 다 듣지 못한 채 헤어져야 했다. 다음날 경호는 자퇴서를 제출했다. 경호는 먼저 엄마를 설득했다. 물론, 설득이라기보다 설명에 가까웠지만. 사실, 2학기가 시작되면서부터 경호는 학교를 다녀야 할 이유를 잘 모르겠다고 말하곤 했었다. 나는 단순한 푸념으로 받아들였으므로 경호에게 미안한 마음이 컸다.

경호는 아산만 관광단지에 있는 나이트클럽에서 일을 하게 되었다. 리드 기타 연주자가 군 입대를 하는 바람에 결원이 생겼고 그 자리를 경호가 메운 것이다. 또래 중 대적할 자가 없다는 소문이 파다하게 날 정도로 경호는 기타를 잘 쳤다. 소문을 접한 밴드 리더가 경호를 불러 오디션을 봤고 그 자리에서 밴드 가입을 제안했다. 진작부터 학교를 그만두고 싶었던 경호에게 좋은 구실이 생긴 것이다. 경호는 밴드에 들어간 사실을 엄마에게 말하지 않았다. 문화원으로 날 찾아온 이유도 당분간 그 얘기를 엄마에겐 비밀로 해 달라는 부탁 때문이었다.

경호는 나이를 스무 살로 속여야 했다. 고등학교 자퇴생이 나이트클럽에서 연주를 한다는 게 혹시라도 문제가 될 수 있다고 판단한 클럽 지배인의 생각이었다. 경호는 밴드에서 금방 자리를 잡았다. 그의 타고난 붙임성도 한몫했을 것이다. 낮엔 연습을 통해 호흡을 맞추었고 밤엔 무대에 올라가 연주를 했다. 즉석에서 연주를 부탁하는 사람들도 있었는데, 경호는 거의 모든 곡을 연주할 수 있었기에 인기가 많았다. 밴드 멤버들은 경호를 오브리 박이라고 불렀다. 어떤 곡이든지 연주가 가능했기에 즉흥연주를 뜻하는 오블리가토라는 말에서 따온 별명이었다.

경호는 성규와 내게 나이트클럽에 한번 들르라고 말했다. 하지만 성규는 성규대로 바빴고 나 또한 독서 모임과 글 쓰는 일로 정신이 없었다. 약속이 없어도 만나던 사이에서 약속을 해도 잘 만날 수 없는 사이로 변한 것이다. 좀처럼 셋이 만날 기회가 생기지 않았다.

그 무렵 나는 서울 소재 대학교에서 주최하는 백일장에 참가해 장원을 했다. 수상자에게는 대학입시 때 가산점이 주어졌기 때문에 한결 수월하게 대입을 준비할 수 있게 되었다. 성규 또한 공부에만 집중했다. 모의고사 성적이 전교 2, 3등을 다투었다. 백일장 장원을 하고 돌아온 다음 날 나는 전교생 앞에서 학교의 영광이라는 칭찬을 교장으로부터 들었다. 운동장에 서 있는 사람들 속에 성규와 울랄라 선생의 얼굴만 크게 보였다. 미안하고 기뻤다.

그날 저녁, 나는 교문 밖 소로를 한 사내와 나란히 걸어가는 울랄라 선생을 보았다. 내 마음이 이상하게 뛰었다. 불안하기보다 불편했다. 왜 이런 감정이 생겼는지 모르겠다. 단지 그녀 옆에 있는 사람이 남자라는 이유만으로 불편한 감정이 생겨난 것이다. 불편하게 굴지만 않으면 된다던 그녀의 당부를 이제야 알 것 같았다.

남자는 그녀의 동생이었다. 결핵 요양소에서 치료 중인 아버지 상태가 악화되어 중환자실로 옮겼다는 말을 전하러 온 것이라고, 다음날 독서 모임을 끝내고 그녀가 말해 주었다.

나는 그 사람이 동생인지 몰랐다고 말했다. 그 말 속에는 사내가 동생인 줄 몰라서 마음이 불편했다는 뜻이 내포되어 있었다. 얼떨결에 내뱉은 고백이었는데 그녀는 괜찮다고 짧게 대답했다.

나는 우울해 보이는 그녀를 위로해주고 싶었지만 딱히 생각나는 게 없었다. 불현듯 나이트클럽에 놀러 오라던 경호 말이 생각났다. 나는 같이 갈 데가 있다고 말한 후 궁금해하는 그녀와 함께 아산만행 버스에 올라탔다.

버스는 샛강을 끼고 한참을 달렸다. 해 질 무렵 들판 너머로 서해 바닷물을 가로막고 길게 누워 있는 방조제가 보였다. 방조제 입구에서 내린 나는 불을 켜기 시작한 간판들 중에서 가장 크고 빛나는 나이트클럽의 간판을 향해 걸어갔다. 그녀가 두리번거리며 나를 따라왔다.

경호가 놀라는 표정으로 나와 울랄라 선생을 반겼다. 평일이어서 그런지 홀 안은 한산했고 잔잔한 블루스 음악이 지루하게 흐르고 있었다. 경호는 지배인에게 친구와 친구 누나라고 나와 울랄라 선생을 소개했다. 한눈에 봐도 거짓말이란 것을 알 수 있었다. 평일 초저녁에 단둘이 관광단지 나이트클럽에 오는 남매는 세상 어디에도 없을 것이기에. 하지만 그들은 친절하게 대해주었다.

주말에 사람이 많고 평일엔 늦은 시간에 근처 음식점에서 식사를 마친 사람들이 클럽을 찾는다고, 묻지도 않았는데 경호가 말했다. 경호는 울랄라 선생을 본 적이 없다. 하지만 내가 독서 모임에 관해 몇 번 얘기한 바가 있기에 그녀에 대해 알고 있었다.

경호는 더 이상 묻지 않았다. 그것은 우리 사이의 불문율이기도 했다. 말하지 않더라도 알게 될 때까지 묻지 않고 기다려 주는 것, 그것이 우리가 생각하는 의리였다. 그래야 오랜 친구로 남을 수 있다고 우리는 믿었다. 지금도 우리는 서로를 기다려 주고 있는 것이다.

울랄라 선생은 말을 아꼈다. 당장 나에 대한 호칭이 애매했고 사람들 시선 또한 편할 리 없기 때문이다. 경호가 지배인에게 무언가를 부탁했고 잠시 후 맥주 몇 병과 콜라와 과일 조각이 테이블 위에 놓였다. 나는 경호가 부르는 노래를 들려주고 싶어서 왔노라고 그녀에게 말했다. 그녀는 고맙다는 말과 함께 솔직히 이런 곳에 너와 함께 앉아 있어도 되는 건지 모르겠다고 말했다. 후회보다는 호기심 섞인 불안이 가득 찬 눈빛이 예뻐 보였다.

텅 빈 홀 안에 조도 낮은 조명이 드문드문 빛나고 있었다. 어색한 침묵을 깨려는 듯 사이키 조명이 이따금 요란한 빛을

쏟아냈다. 경호는 단조로운 이곳 생활을 행자승의 고행에 비유
했다. 그녀의 굳었던 얼굴 표정도 조명처럼 조금씩 밝아졌다.

경호가 자리를 비운 사이 그녀는 며칠 전 꺼냈던 아버지의 이
야기를 이어갔다. 우울한 음악은 힘들었던 시간을 불러내는 피
리 소리 같다. 슬픔이 슬그머니 고개를 쳐든다.

베트남에서 돌아온 후 아버지가 이상하게 변한 거라고, 어느
날 어린 그녀에게 엄마가 말해주었다. 전쟁터에서 무슨 일이 있
었는지 알 수 없었지만 그녀의 아버지는 높은 곳에 있어야 살
수 있다며 다락방으로 올라갔다. 종종 그녀의 엄마를 다락방에
불러올리곤 했는데, 그녀는 다락방 계단 앞에 서서 엄마의 비명
소리와 신음 소리가 뒤섞인 공포의 시간을 수없이 견뎌야만 했
다.

그녀가 눈물을 흘렸다. 그녀의 눈물이 시작된 곳은 다락방일
것이다. 아니, 베트남일 수도 있다. 나는 그녀를 이해하기 시작
했지만 그녀에겐 지금 그 어떤 위로의 말도 소용없다는 걸 안
다. 그녀는 자기 앞에 놓인, 상처에 쏟아진 소독약처럼 거품이
부글거리고 있는 맥주잔을 단숨에 비워버렸다.

나는 경호에게 이엘오의 노래인 Midnight Blue를 불러 달라
고 부탁했다. 성규 방에서 질리도록 함께 부르던 노래였다. 그
날들이 벌써 그리워졌을뿐더러, 오늘은 특별히 울랄라 선생을

위해 들려주고픈 노래이기도 했다.

– 오케이!

경호는 멤버들과 잠시 얘기를 나누더니 무대 위로 올라가 기타를 들었다. 잠시 후 드럼과 베이스 주자, 키보드 연주자가 자리를 잡고 경호를 쳐다보았다. 무료해 보이던 밴드 멤버들의 얼굴에 생기가 돌기 시작했다.

– 주뗌므!

홀 안에 흐르던 음악이 멈추고, 마이크를 테스트하던 경호가 나와 울랄라 선생을 보면서 점잖은 목소리로 읊조렸다. 그녀에 대한 놀림이었을 것이다. 키보드 연주가 잔잔하게 퍼져나갔다. 멜로디를 이어받은 경호가 기타를 치며 노래를 부르기 시작했다.

'지금 수많은 고통 때문에 울고 있는 당신이 보여요.'

한 소절이 끝나고 드럼과 베이스가 리듬을 받치며 함께 어울린다. 경호의 목소리는 여전했고 밴드의 연주는 훌륭했다. 그녀는 경호의 노래를 들으며 감동한 것 같았다. 조명은 흐릿했지만 그녀의 눈매가 촉촉하게 젖은 게 보였다.

그녀 아버지의 다락방이 머릿속에서 떠나질 않는다. 다락방으로 오르는 계단이 야곱의 사다리처럼 하늘과 땅을 이어주는 통로였으면 좋았겠지만 그녀에겐 치워졌어야 할 사다리였던 것이다.

빛나는 것들은 대체로 힘겹게 버티고 있는 것들이다. 밤하늘의 별빛이라든가 흔들리는 촛불, 눈에 고인 눈물 같은 것이 그렇다. 그녀의 눈물도 있는 힘을 다해 버티고 있었다. 한순간 그녀의 눈물이 별똥별처럼 주르륵 흘러내렸다.

안개 속에 몰입하다

16

경호가 만류했음에도 불구하고 울랄라 선생은 굳이 계산을 하겠다고 고집했다. 밖으로 나오자 둑을 타고 넘어온 바닷바람이 시원하게 이마를 짚어주었다. 저수지 위에서는 물에 비친 제 얼굴을 들여다보며 둥근 달이 환하게 빛났다. 횟집에서 나온 사람들이 달을 등에 지고 나이트클럽을 향해 걸어갔다. 내 마음도 달처럼 환해졌다.

우리는 주차장을 벗어나 둑이 시작되는 곳으로 걸어갔다. 그곳엔 커다란 배수갑문이 있었다. 달과 가로등이 빛나고 있었음에도 불구하고 갑문 아래 바다는 어두웠다.

— 저쪽은 저수지고 이쪽은 바다네? 둑 하나를 사이에 두고 이쪽은 갇혀 있고 저쪽은 자유롭고.

갑문 위에 서서, 바다를 바라보며 그녀가 말했다.

그녀의 말처럼 긴 둑을 경계로 바다와 저수지가 나뉘어 있었다. 갑문은 저수지 물을 바다로 흘려보내는 출구였다. 저수지 물이 바다로 빠져나가는 것을 자유라고 표현하고 싶은 그녀의 마음을 모르지 않았기에 나는 그녀의 말에 동조했다.

— 저수지 물은 바다로 가는 걸 원하지 않을지도 모르죠. 잔잔한 세상 놔두고 뭣 하러 험하고 막막한 바다로 가고 싶겠어요. 안 그래요?

나는 저수지에 인간 세상을 빗댄 말을 내뱉고는 금방 후회했다. 속마음은 그게 아니었지만 어쨌거나 한 번 내뱉은 말을 다시 집어넣을 수 없었다.

사실 그 반대의 말이 하고 싶었다. 험난하더라도 드넓은 세상으로 나아가고 싶은 나의 욕망에 관해 들려주고 싶었다. 그런데 정반대의 말을 해버린 것이다. 내가 생각해도 너무 틀에 박힌 말이어서 당황스러웠다.

— 맞아. 어릴 때부터 난 언제나 경계에 서 있었거든. 집을 떠나고 싶었지만 도저히 바다로 나아갈 용기가 나지 않았지. 답답

하더라도 고여 있는 물이 맘 편하기는 해. 어차피 고통에 길들여진 다음이라면.

그녀는 평소보다 많은 말을 하고 있었다. 없던 용기가 생긴 것이라기보다는 그만큼 내가 편해졌다는 뜻이기도 했다.

바람은 검은 바다에서 불어왔다. 나는 그녀를 바라보며 언젠가 책에서 읽은 적 있는, 자유의 몸이 되어 풀려난 어느 흑인 노예의 막막한 심정에 대해 말을 이어갔다.

– 미국 남북전쟁이 끝나고 남부의 어느 거대한 농장에서 흑인 노예들을 모두 풀어주었대요. 농장 입구에서 저택까지 몇 킬로미터나 되는 그런 넓은 농장이었다죠. 그런데 대다수 흑인 노예들이 자유를 선택하지 않고 저택에 남아 계속 노예로 살기를 원했대요. 그토록 원하던 자유를 얻었지만 한 번도 느껴본 적 없는 자유만 생각하며 살아가기에 세상이 너무 두려웠던 거죠.

– 아!

그녀는 짧은 감탄사를 내뱉었는데 그것이 어떤 의미인지는 알 수 없었다. 다만, 나는 처음으로 그녀와 내가 같은 곳을 바라보고 있다는 느낌이 들었다. 나는 경계에 선 채 막막한 심정으로 드넓은 평원을 바라보는, 빵보다 자유를 선택한 흑인 노예를 떠올렸다. 어떻게 해야 할지 망설이는 노예의 심정을 그녀

역시 느끼고 있는 것 같았다.

그녀는 갑문을 지나 바다와 저수지의 경계인 둑 위를 걸었다. 둑은 길었고 바람은 거칠었기에 그녀는 더욱 위태로워 보였다. 우리는 둑 위를 걷다가 다시 갑문을 지나 주차장으로 되돌아와 택시를 탔다. 결국 끝까지 가진 못했다.

택시 기사가 큰소리로 깨웠을 때 그녀는 내 어깨에 머리를 기댄 채 잠이 들어 있었다. 택시비를 계산하기에 내가 가진 돈은 턱없이 부족했다. 잠이 덜 깨어 두리번거리던 그녀가 택시비를 지불했다. 골목 어귀였다.

– 저택 입구에 도착했습니다.

내가 흑인 노예를 빗댄 농담을 건넸다.

– 깜박 잠이 들었나 보다.

그녀가 여전히 졸린 듯한 눈을 부비면서 말했다.

택시가 떠나자 그녀는 나를 보며 내리지 말고 그냥 집으로 갈 걸 그랬다고 말했다. 나는 왠지 그 말이 서운하게 느껴졌다.

– 혹시, 막차 끊긴 건 아니지?

그녀가 화들짝 놀라며 묻는다.

– 괜찮아요. 내일 쉬는 날이잖아요. 천천히 걸어가면 두 시간이면 돼요.

마침 다음날은 개교기념일이었다. 내가 걸어가겠다고 대답하자 그녀가 난처한 표정을 지으며 장난치듯 두 눈을 부라렸다. 귀여웠다.

나는 정말 걸어갈 생각이었다. 예고도 없이 성규의 시간을 빼앗는 건 싫지만 집까지 걷는 게 힘들면 중간에 성규 방으로 갈 수도 있다. 걱정을 한가득 눈에 담고 있는 그녀에게 나는 안개마을 사람들에 관한 이야기를 들려주었다. 그녀는 여전히 막차를 놓친 내 걱정에 사로잡혀 있다.

아산만 지류에 붙어 있는 우리 동네는 가을이면 언제나 안개에 파묻혔다. 안개는 동네에서 가장 키가 큰 망대를 먼저 삼키고 이어서 나무와 지붕과 담장을 차례차례 지워버렸다. 아침나절 미군부대에서 울리는 사이렌 소리가 마을을 흔들어 깨울 때까지 사람들은 마치 마취제에 취한 것처럼 안개에 갇혀 잠들어 있곤 했다.

– 나도 안개에 갇히고 싶다.

그녀가 말했다.

– 안개 때문에 앞이 보이지 않아도 무섭지 않았어요.

– 맘에 드는 장소에 있을 때 눈을 감게 되는 거랑 다르지 않겠네.

– 눈을 감는 것과는 다른 것 같아요. 눈을 감으면 많은 생각들이 별처럼 떠오르잖아요? 안개 속에서는 생각들도 안개처럼

가라앉게 돼요.

　— 눈을 감는다는 건 외면하거나 몰입하거나 둘 중 하나인 것 같아.

　— 안개 속에서는 머리를 자꾸 안개 속으로 들이밀고 가야 하니까, 몰입이란 말이 어울리겠네요. 아무튼 안개 속에서는 모든 걸 외면하게 돼요.

　그녀와 나는 안개에 관한 말을 주고받으며 안개가 내린 길을 지나갔다.

　나는 날개가 젖은 채 잠들어 있는 잠자리 한 마리를 수풀 위에서 집어 들었다. 깊은 잠에 빠진 듯 엄지와 검지로 꼬리를 잡았는데도 움직임이 없다. 어차피 젖은 날개 때문에 놓아주어도 날지 못할 것이다. 나는 잠든 잠자리를 다시 길옆 철조망 위에 얹었다. 여섯 개의 다리로 다시 철조망을 움켜쥔 잠자리는 깊은 잠을 이어갔다.

　— 이맘때일 거예요. 열 살 때였나? 학교 가는 길에 친구들과 함께 풀이나 철조망 위에서 잠든 잠자리를 집어 들어 가슴에 매달곤 했어요. 잠에 빠진 잠자리들은 옷에 매달린 채 계속 잠을 자지요. 그렇게 한 시간 정도 걷다 보면 어느새 안개가 걷히면서 해가 뜨는 거예요. 날개가 조금씩 말라가면서 잠자리들이 잠에서 깨기 시작해요. 그때부터 우리들의 잔인한 놀이가 시작

되지요.

한순간 내 이야기에 귀를 기울이던 그녀와 눈이 마주쳤다. 잠든 잠자리 날개처럼 생긴 그녀 눈썹이 안개에 젖어 있었다. 인간에게 날개가 돋친다면 아마도 겨드랑이보다는 눈썹일 거라는 생각이 들었다. 나는 잠자리 이야기를 마저 이어갔다.

– 잠든 잠자리를 훈장처럼 가슴에 잔뜩 붙인 채 교문에 들어선 우리는 교실에 들어가기 전 화단에 서 있는 이승복 동상 앞에 모이지요. 그리고 각자 자기 가슴에 붙어 있는 잠자리 중에서 한 마리씩 골라 양 날개를 엄지와 검지로 단단히 잡고는 막흔들어 잠을 깨워요. 그런 다음 옷에 잠자리 입을 대면 잠자리가 본능적으로 날카로운 이빨로 옷을 콱 물거든요. 그때 순간적으로 잠자리 날개를 힘껏 잡아당기는 거예요. 그러면 잠자리 목이 뚝 끊어져 머리와 몸뚱어리가 분리되지요. 한 번에 잠자리 목을 떼면 이기는 거죠. 아침마다 동상 아래에 잘린 잠자리 머리가 20~30개씩 떨어져 있었지요. 목이 잘린 뒤에도 한참 동안 머리만 옷에 붙어 있는 녀석도 있고.

– 으으, 잔인해!

내 말이 끝나자마자 그녀가 낮게 소리쳤다.

아이들의 놀이는 분명 개나 돼지, 닭이나 오리 등 가축을 잡아먹기 위해 살육을 즐기는 어른들의 모습을 보고 따라 배운 것이다. 약하고 작은 것을 상대로 잔인성을 키우다가 나중에 소와 돼지, 혹은 인간으로 무자비한 폭력의 대상을 확대시킬 것이다.

— 자기 목이 떨어지는 줄도 모르고 옷을 물고 있는 건 집착일까요? 본능일까요?

— 글쎄. 집착이냐 본능이냐는 중요한 게 아닐지도 몰라. 누군가의 폭력에 의해 잠자리는 이미 죽고 난 뒤인걸.

그녀는 무언가를 결심한 듯한 표정으로 아침 일찍 깨워 줄 테니 자기 방에서 자고 가라고 말했다. 읽어야 할 책이 많아서 자기는 오늘 밤 잠을 잘 수 없을 거라는 말도 덧붙였다.

대문 앞에서는 고민하는 게 아니다. 어릴 때 사고 친 후 집에 들어가지 못하고 집 근처를 배회하던 내게 아버지가 해주던 말이다. 목숨이든 잠자리든 맡길 땐 맡길 줄 알아야 한다. 선택하는 것보다 선택받을 때 사랑이 완성될 확률이 높다. 선택하기만 하는 첫사랑은 그래서 잘 이루어지지 않는 것일 수도 있다. 술에 취해 밥상을 뒤엎고 밖으로 나간 아버지를 밤늦도록 대문 앞에서 기다리던 죽은 엄마가 떠올랐다. 아버지는 죽은 엄마의 첫사랑이었다.

안개 속에서 잠자리가 필요했던 나는 아침 해가 뜰 때까지만 그녀 가슴에 잠자리처럼 매달려 있기로 했다.

17

그녀 방은 새 둥지 같았다. 한쪽 끝을 벽면에 잇댄 작은 책상과 의자 한 개가 눈에 띄었다. 창가엔 싱글 침대와 네모난 서랍이 있고 서랍 위에서는 목이 긴 스탠드가 화장품인 듯한 유리병 몇 개를 굽어보고 있다. 옷장인 것 같은 흰색 가구가 방 안에서 그중 덩치가 큰 물건이었다.

방바닥엔 수십 권의 책이 제목을 내보이며 일렬로 엎드리거나 서 있었다. 나는 방에 들어서자마자 엎드린 책 앞에 앉아 제목을 일일이 훑어보며 어색함을 무마시키려 애를 썼다. 사랑하는 사람의 이름 외에는 아무것도 중요하지 않다고 말하던 은미를 잠시 떠올렸다. 책 제목이 중요한 이유를 알 것도 같았다.

– 손, 씻을래?

– 네.

나는 딱히 할 말이 없었다. 향수 냄새를 들이마신 덕분에 가슴 속에서 묘한 울렁거림이 일어났다. 그걸 감추기 위해서라도 그녀가 시키는 일이라면 무엇이라도 할 준비가 되어 있었다.

나는 손을 씻고 얼굴도 씻었다. 손만 씻으려고 했지만 얼굴도 씻어야 할 것 같아서 비누 거품을 좀 더 일으켰다. 거울 속에는 오늘 처음 보는 내 얼굴이 이마에 거품을 묻힌 채 나를 쳐다보고 있었다.

'뭘 하고 싶은 거니?'

거울 속의 내게 물었지만 답이 없다.

나는 양말을 벗고 바지를 접어 올린 후 발을 씻었다. 혹시라도 발 냄새가 방 안의 향기로운 냄새를 사라지게 할 수도 있다는 생각 때문이었다. 그래도 안심이 되지 않았던 나는 밖에서 물소리가 들릴까 봐 욕실 바닥에 앉아 조심스레 샤워를 했다. 두근거리는 몸이 가라앉을 줄 모른다. 심호흡을 하면서 마음을 진정시키려 애썼지만 소용이 없다.

겨우 몸과 마음이 가라앉을 무렵, 급하게 옷을 입고 밖으로 나오는데 그녀가 화장실 밖에서 수건을 들고 서 있다. 깜짝 놀란 나는 하마터면 화장실 문에 머리를 박을 뻔했다.

– 안에 있는 수건으로 닦았는데…….

– 그거 아침에 내가 쓴 건데 어떡해.

그녀는 내가 씻는 동안 수건을 들고 기다려 주었다. 느낌이 묘했다. 누군가 씻는 나를 기다린다는 것에 대해 생각해본 적 없을뿐더러 그런 상황을 맞닥뜨린 적도 없다. 그녀가 한없이 다정하게 느껴졌다.

사람들은 이런 흥분과 기쁨 때문에 결혼이란 걸 하는지도 모르겠다는 생각이 들었다. 엄마도 그랬을 것이다. 작고 사소한 것들이 아주 크게 보일 때 결혼하고 함께 살다가 크고 소중했던 것들이 하찮게 보일 때쯤 헤어지는 것이라고 누나가 말 한 적 있다.

나는 수건을 들고 얼굴을 씻으며 일인용 식탁에 앉았다. 잘 마른 수건에서 향기로운 냄새가 풍긴다. 그녀도 이 수건에 얼굴을 묻으며 물기를 닦아냈을 것이다. 내가 식탁 의자에 앉자 그녀가 기다렸다는 듯 오렌지 주스 한 컵을 따라 놓고는 화장실 안으로 사라진다.

그때서야 벽면에 들러붙은 흑백 사진 한 장이 눈에 들어왔다. '도로시아 랭, 이민자의 어머니'라는 글이 벽지에 적혀 있었다.

자세히 살펴보니 사진 한쪽이 반대쪽과는 다르게 불규칙하면서도 거칠게 잘렸다. 인쇄물을 찢은 것 같았다. 그녀는 흰 벽지 위에 연필로 사진에 관한 메모를 적어 놓았는데 나는 그 글이 사진보다 더 흥미롭게 느껴졌다.

이민자의 어머니는 나도 본 적 있는 사진이었다. 누나가 사 모았던 문고판 사진 문고에서 본 적 있는, 도로시아 랭의 사진 중 가장 인상 깊은 작품이었다. 양 겨드랑이에 안긴 지저분한 두 아이의 뒷모습과 아이들을 안고 한 손으로 턱을 괸 채 막막한 표정으로 먼 데를 바라보는 가난한 여자가 사진 속에 앉아 있었다. 처음 그 사진을 보았을 때 나는 이주민 여자의 표정에서 눈을 뗄 수가 없었다. 삶을 체념한 엄마의 눈빛이 사진 속에 들어있었기 때문이다.

좋아하지도 않는 사진을 식탁 앞에 걸어둘 수는 없는 일이다. 식탁 앞에 걸린 사진은 영혼의 허기를 채우기 위한, 눈으로 먹는 음식과도 같은 것이다. 어쩌다 한두 번은 몰라도 매 끼니 입에 맞지 않는 음식을 먹을 수는 없다. 나는 같은 사진을 좋아한다는 이유만으로 그녀와 동류의식을 느꼈다. 기뻤다.

– 괜히 저 때문에.

나는 굳이 미안하다는 말을 꺼내지는 않았다.

– 괜찮아. 내가 들어오라고 한 건데 뭐. 너무 늦었고, 널 그냥

보냈으면 내 맘이 편하지 않았을 거야.

추리닝으로 갈아입은 그녀가 바닥에 앉아 머리카락을 끈으로 묶으며 말했다.

나는 의자 위에 앉아 그녀의 팔 동작을 물끄러미 내려다본다. 엄마와 누나에게서 볼 수 없었던 모습이다. 엄마와 누나는 머리가 길지 않았기에 긴 머리를 만지는 그녀의 손놀림이 내겐 생소했다. 그렇다고 경호처럼 긴 머리 소녀에 대한 환상 같은 게 있는 건 아니다. 다만 머리카락을 만질 때마다 그녀의 몸에서 향기가 발산되고 있었기에 나는 크게 숨을 들이쉬었다.

그녀가 내 얼굴을 올려다봤을 때 나는 두근거리는 가슴을 들킬까 봐 얼른 손가락으로 벽면에 고정된 도로시아 랭의 사진을 가리켰다.

– 아, 저 사진. 알고 있구나?

나는 고개를 끄덕이며 식탁 쪽으로 몸을 당긴 후 다시 그녀를 바라봤다. 입을 열었다가는 자칫 떨리는 마음이 쏟아져 나올 것만 같았다. 나는 공중에 뜬 채 정지비행에 몰두하고 있는 헬리콥터였다. 겉은 태연했지만 속은 덜덜덜 떨고 있었다. 그 와중에 수많은 생각이 떠올랐다. 그녀의 몸에서 피어오르는 향기 탓에 머릿속이 하얘졌다.

– 엄마이기 때문에 참는 건 아닐 거야. 가난도 익숙해지면

견딜만하거든.

잠시 생각에 잠겼던 그녀가 말을 꺼냈다.

나는 뜬금없는 말의 의미를 파악하느라 더 이상 그녀의 냄새에 집중할 수 없었다. 초점이 흐려지자 흥분되었던 몸이 조금 이완되었다.

사진 속 여자와 두 아이가 가난한 가족이라는 건 나도 알아챌 수 있다. 하지만 가난이 익숙해지면 견딜 수 있다는 것은 생각하지 못했다.

— 어린 자식들 앞에서 자기에게 행해지는 가난과 폭력에 저항하지 않는 엄마도 폭력의 동조자일 뿐이지. 나와 동생 앞에서 매를 맞던 엄마의 눈빛을 잊을 수가 없어. 희망을 상실한 그 눈빛을.

나는 사진 속 이주민 여자의 눈을 다시 들여다보았다. 그리고 희망을 상실한 자의 눈빛에 대해 생각했다. 비로소 그녀를 향해 일어서는 내 감정이 명확해진다. 사진에서 비롯되었지만, 그녀는 내 앞에서 자신의 과거를 떠올리며 그것을 구체적으로 표현하기 시작했다. 어느새 그녀는 일어섰고, 벽면에 등을 기댄 채 말을 이어갔다.

— 아버지는 엄마를 다락방으로 불러올려 책을 읽게 했지. 나와 어린 동생은 종종 엄마의 비명 소리를 들으며 사다리 같은

다락방 계단만 쳐다보았고.

말을 마친 그녀는 주스 잔을 치우더니 냉장고 문을 열고 기다란 병 하나를 들고 왔다. 말로만 듣던 프랑스 와인이었다. 두 개의 잔을 들고 와 식탁 위에 올려놓았는데 처음 쥐어 본 와인 잔은 정말 아름다웠다. 눈 둘 데가 없는 나는 가느다란 유리의 굴곡을 만지작거리기만 할 뿐이었다. 다락처럼 공중에 떠 있는 와인 잔에 검붉은 와인이 둥글게 고였다.

– 물론, 마셔본 적 있겠지?

그녀가 물었고 나는 누나가 외국으로 떠나기 전 함께 마주앙 와인을 마셔본 적 있다고 대답했다.

그녀는 누나가 어디에 있는지 물었다.

– 덴마크요. 지금은 레이캬비크.

나는 부드럽게 발음하려 했는데 레이캬비크란 지명이 왠지 언 땅처럼 거칠게만 느껴졌다. 그건 아이슬란드에 있는 도시 이름이라고 덧붙였다. 누나는 대사관에서 일하던 덴마크 남자를 만났고 그와 함께 한국을 떠났다고, 망설이다가 마저 말해버렸다.

– 레이캬비크, 머네. 너무 멀다.

나는 그녀의 말을 듣고서야 누나가 먼 곳에 있다는 것을 깨달았다. 그런데 그동안 나는 왜 누나가 곁에 있다고 느끼고 있었던 걸까?

나는 식탁 아래 가방을 뒤져 엽서 한 통을 꺼냈다. 며칠 전에 받은, 누나가 보낸 것이다. 펼치면 녹색과 붉은색이 뒤섞인 오로라가 쏟아지는, 기다란 봉함엽서에 누나의 글씨가 깨알처럼 적혀 있었다.

그녀가 잔을 들어 내 잔을 때린다. 나는 어쩔 줄 몰라 잔을 꽉 쥐고 있었는데 그녀가 쥔 와인 잔만 혼자 맑은 소리를 냈다. 너무 꽉 쥐면 소리가 안 나는 거라고, 사람 사이도 그런 거라고 그녀가 말했다.

나는 잔을 들고 붉은 오로라 색의 와인을 입술에 갖다 댔다. 처음 누나와 와인을 마실 때는 떫기만 하고 아무 맛이 없었다. 하지만 지금은 그때와 다르다. 여전히 맛은 잘 모르겠지만 나는 자꾸 와인을 삼키고 있다. 혀와 목구멍이 기분 좋게 쌉쌀해졌다.

나는 와인 병에 적힌 프랑스 지명을 들여다본다. 보르도, 속으로 발음해본다. 혀가 돌돌 말린다.

– 보르도는 어떤 곳인가요?

– 나도 가보진 못했어. 하지만 누구보다 잘 알고 있는 곳이지. 네 마음속 레이캬비크처럼.

– 누나 편지, 읽어줄래?

와인 잔을 내려놓으며, 내 눈을 쳐다보고 그녀가 말했다. 그녀의 낯빛이 와인처럼 조금 붉어졌다.

무너진 형식

18

구희에게

너를 두고 혼자 떠나오다니, 미안해 구희야.

누나가 코펜하겐에 있다는 게 믿어지지 않겠지만 그건 나 역시 마찬가지야.

요 몇 달 동안 움직인 거리가 내가 지난 이십몇 년 동안 움직인 거리보다 훨씬 길다는 것을 어제 문득 깨달았어.

집에서 벗어나고 싶었던 거 맞는데, 지구에 끌려다니는 달처럼 완전히 집을 벗어나진 못할 거라는 것도 잘 알아.

그렇다고 너와 내가 엄마 걱정을 하며 살던 그 시간들을 그리워하진 않을 거야.

마당에서 흙을 파먹으며 놀던 어릴 적 네가 떠오르곤 해.

채송화처럼 우린 하루 종일 마당 안에 있었지.

드디어 지긋지긋한 집을 벗어났다는 해방감을 느낄 때마다 자꾸 너에게 미안해져서 서글퍼.

얀센도 너를 보고 싶어 해.

코펜하겐은 자주 흐리고 시도 때도 없이 빗방울이 떨어지곤 해.

며칠 전엔 키에르케고르의 묘지에 다녀왔어.

그가 사랑했던 레기네 슐레겔이라는 여자가 곁에 묻혀 있지.

그 여자의 묘비를 들여다보는데 갑자기 엄마 생각이 났어.

떠나오기 전 엄마 산소에 들리지 못한 게 마음에 걸리지만 엄마도 이해하겠지.

너를 두고 나 혼자 떠나온 것에 대해서는 엄마도 야단을 치겠지만.

며칠 뒤엔 아이슬란드 레이캬비크로 갈 거야.

얀센 일 때문에 오랜 시간 그곳에서 지내게 될 것 같아.

'롯의 아내처럼 뒤를 돌아보지 않을 것이다. 돌아볼 일 없으리라' 던 키에르케고르의 말처럼, 난 뒤돌아보지 않을 거야.

아프지 말고, 다시 만날 때까지 건강해야 해.

– 코펜하겐에서 누나가.

누나의 엽서를 읽은 나는 비가 잦은 코펜하겐의 날씨처럼 기분이 우울해졌다. 나는 엽서를 다시 원래 접혀 있던 모양으로 천천히 접었다. 부풀어 오르는 마음도 몇 번이나 접어 엽서 갈피에 꽂아 넣었다. 나는 의자에 앉아 엽서와 떨림을 손에 쥐고 움직이지 않았다. 가슴이 너무 빠르게 뛰었다.

울랄라 선생이 낚아채듯 내 손에서 엽서를 앗아갔다. 아찔한 향기 때문에 나는 숨쉬기조차 힘들었다. 나는 그녀의 향기에 결박당한 느낌이었다. 향기가 주입된 몸이 부풀어 올랐다. 모공이 닫힌 팔뚝에도 소름이 돋았다. 비바람만 없었을 뿐, 정신이 뿌리째 뽑혀 나갔다.

– 난 책 좀 읽고 잘게.

그녀가 작은 등을 켜는 대신 형광등 스위치를 내렸다. 나는 추수를 끝낸 논바닥의 미꾸라지처럼 자꾸 이불 속으로 몸을 밀어 넣었다. 이불 밖이 아득해졌다. 이불 속에서 나는 본능과 수치심, 자랑과 탐욕 같은 것이 뒤섞여 남자의 생이 만들어지는 것이라고 생각했다. 그녀가 흔들리는 눈빛으로 내 얼굴을 바라보는 게 느껴졌다. 나는 차라리 침묵했다. 나는 그녀의 베개를 베고 벽을 향해 누운 뒤 눈감아 버렸다. 그리고 잠이 들었다.

　그날 밤 나는 여자라는 존재의 문을 두드렸다. 그녀의 마음이 열린 건지 닫힌 건지 알 수는 없었지만 나는 자주 문 앞에 서 있을 것 같은 예감이 들었다.

　장독대에 몰래 허물을 벗어놓고 도망치는 뱀처럼, 날이 밝자 나는 서둘러 그녀의 방을 빠져나왔다.

19

성규가 경찰서 유치장에 수감되었다는 이야기를 경호에게 들은 건 목요일 오후였다. 개교기념일이어서 학교에 가지 않은 나는 오랜만에 늦잠을 잤다. 물론, 새벽까지 잠을 제대로 자지 못했던 이유도 있었다. 울랄라 선생은 내가 잠들었을 때도 줄곧 깨어 있었던 것 같았다. 그녀의 방을 나서며 나는 졸린 듯한 그녀의 눈을 바라보았다. 그 눈빛을 잊고 싶지 않았다. 잃고 싶지 않았다.

경호는 성규가 사고를 친 것 같다고 당황한 목소리로 말했다.

살인 혐의로 경찰서 유치장에 수감돼 조사를 받고 있다고 했다. 경호와 나는 경찰서 정문 앞에서 만나 유치장 건물로 갔다. 대기실에 앉아 있는 성규 아버지가 보였다.

– 우리 성규, 어쩌면 좋으냐?

성규 아버지의 목소리가 떨렸다. 그는 성규가 조사를 받는 중이어서 면회를 할 수 없다고 말하며 눈물을 흘렸다. 그가 신고 있는 파란 장화에 오리털인 듯 하얀 깃털이 하나 붙어 있다. 언제 날아갈지 모르고 매달려 있는 깃털이 마치 성규의 운명인 것처럼 여겨졌다.

이번에도 리더가 문제였다. 은미가 텍사스로 떠난 뒤 리더는 성규 누나에게 치근덕거렸다. 솔숲 무덤가에서 성규에게 호되게 당한 이후부터 의도적으로 성규 누나를 힘들게 한 것 같다고, 경호가 내게 들려주었다.

사고가 일어나던 날, 새벽에 성규 누나가 클럽을 나설 때 취한 리더가 클럽 단골 미군과 함께 한 잔 더하자며 귀찮게 졸랐다고 한다. 리더와 미군은 집에 데려다준다는 핑계를 대며 성규 누나를 차에 강제로 태워 솔숲까지 데려왔다. 비어 있는 막사 안으로 리더가 성규 누나를 강제로 끌고 들어갔고 미군도 따라 들어갔다. 초소 경비원은 잠에 빠졌고 막사 문은 잠겨 있지 않았다. 성규 누나는 막사 안에서 리더와 미군에게 번갈아 가며 폭행을 당했다.

　그때 공부를 하다 소변을 보러 밖에 나온 성규 눈에 막사 문을 나서는 리더와 미군이 보였다. 성규는 그들을 보았지만 보안등 아래에 서 있던 그들은 성규를 볼 수 없었다. 둘은 낄낄거리며 숲을 빠져나갔다. 느낌이 이상했던 성규는 열린 막사 안을 들여다보았고, 옷이 벗겨진 채 바닥에 널브러져 있는 누나를 발견했다. 누나를 들쳐 업고 돌아와 방에 눕힌 후 성규는 삽을 들고 도랑을 건너 황급히 숲을 가로질러 뛰어갔다. 숲길 끝에 도착한 성규는 나무 뒤에 숨어 리더와 미군을 기다렸다.

　갑작스레 성규와 맞닥뜨린 리더와 미군은 깜짝 놀라 도망치려 했다. 성규는 고래고래 소리를 지르며 두 사람을 향해 삽자루를 휘둘렀다. 순식간에 벌어진 일이었다. 삽날 모서리에 뒤통수를 맞은 리더는 그 자리에서 즉사했고, 삽날에 어깻죽지가 찍힌 미군은 겨우 도망쳐 목숨을 부지했다. 신고를 받은 미군 헌병대가 출동할 때까지 성규는 죽은 리더 곁에 피 묻은 삽을 깔고 앉아 있었다. 성규는 한국 경찰에 인계되었고 지금까지 조사를 받는 중이다.

　성규 누나는 폭행당한 상처가 심해 병원에 입원할 수밖에 없었다. 병실에서 조사를 받는 와중에 성규가 살인을 했다는 말을 듣고는 충격을 받아 실어증에 걸려버렸다. 경찰은 성규 누나에게 수첩을 주고 대화를 시도했다. 그들은 성규 누나에게 나타난 증상이 일시적인 것일 수도 있다고 생각했지만 결국 성규 누나에 대한 조사는 중지되었다.

모든 일이 갑자기 벌어졌다. 사람이 죽었다. 지난밤 사건은 아직 시작되지도 않은 성규의 인생을 송두리째 날려버릴 수도 있었다. 나는 두려웠고 무척 혼란스러웠다. 성규를 면회한다 해도 차마 말문이 막힌 누나의 상태를 성규에게 전할 수는 없을 것이다.

학교도 발칵 뒤집혔다. 다음날 성규 담임이 나를 불러 이것저것 물어보았다. 교무실 분위기가 어두웠다. 울랄라 선생이 나를 바라보았다. 성규 담임이 전화를 받는 동안 나도 잠시 그녀를 쳐다보았다. 그녀가 씁쓸하게 웃었다. 나는 잘 이겨내라는 부탁 같은 걸 읽을 수 있었다. 나에게 직접 힘내라고 말해주면 얼마나 좋을까 생각했지만 그런 일은 일어나지 않았다.

나는 더 이상 독서 모임에 나가지 않았다. 굳이 성규 때문이라고 핑계를 대고 싶진 않았다. 틈날 때마다 나는 성규네 집에 들러 도울 일은 없는지 살피곤 했다. 울랄라 선생은 무언가를 견디는 일은 결국 자신과의 싸움이라고 내게 말했다. 그녀가 말한 대로 고통을 오래 견디기 위해서는 일단 힘을 아끼는 게 좋겠다고 나는 생각했다.

– 모든 게 내 탓이다. 차라리 그날 김 소령과 함께 죽었더라면 좋았을 것을.

병원에서 만난 성규 아버지가 혼잣말하듯 중얼거렸다. 반란군과 맞서 싸우다 전사한 사관학교 동기에 대해 말하는 것 같았다.

성규 아버지는 며칠 새 거짓말처럼 하얗게 늙어버렸다. 하얘진 머리카락과 수염이 마치 늙은 염소처럼 느껴졌다. 그 모습이 어찌나 처량한지 내 눈에는 그만 눈물이 고이고 말았다.

– 성규 엄마에겐 절대 비밀이다. 부탁하마.

성규 아버지는 혹시라도 성규 엄마가 성규 사건을 알게 되어 충격을 받을까 봐 내게 거듭 비밀을 지켜달라고 당부했다.

나는 성규 없는 성규 방에 들어가 앉았다. 그날 새벽 공부하다가 밖으로 나갈 때 그대로인 듯 책과 노트가 펼쳐져 있었다. 벽면엔 경호와 성규, 내가 함께 찍은 사진이 붙어 있었다. 이 방에 드나들 땐 보지 못했던 사진이다.

– 가족과 친구의 삶을 이해하자.

사진 위에 쓴 성규 글씨를 읽는데 나도 모르게 눈물이 흘러내렸다. 솔숲에 안개가 피어오른다. 성규 사건 때문인지 초소 경비원이 플래시로 막사 주변 어둠 속을 구석구석 살피고 있었다.

얼마 전까지만 해도 이곳은 우리들의 천국이었다. 그런데 지금은 지옥으로 변해 버렸다. 나는 천국과 지옥이 하루아침에 뒤바뀔 수 있다는 것을 알게 되었다. 누군가의 말처럼 지구는 어느 별의 지옥이 맞는 것 같다. 어느 별에서 자기들의 모든 불행을 지구에 던져 버린 건 아닌가 하는 생각이 들었다. 피곤이 몰려왔고, 나는 지옥에 딸린 방에 누워 깊이 잠들었다.

갑문 위의 장례식

20

성규 이야기는 신문에 나올 만큼 사람들의 관심을 끌었지만 어찌 된 일인지 사건의 원인을 제공한 성규 누나 폭행 사건은 어디에서도 다루어지지 않았다. 사람들은 클럽에서 일하던 성규 누나의 품행에 문제가 있지 않았겠느냐는 식으로 이야기를 몰고 갔다. 남자 밝히는 누나가 동생 인생을 망쳤다는 소리도 들렸다.

성규 아버지와 함께 또다시 찾아간 경찰서에서 조사를 마치고 구치소로 돌아가는 성규 얼굴을 잠깐 볼 수 있었다. 두 손이 묶인 성규는 나를 보자 눈을 껌벅거렸다. 애써 눈물을 참는 것 같았다. 아버지와 나를 번갈아 가며 쳐다보는 성규의 애절한 눈빛을 차마 더는 볼 수 없었다.

– 엄마랑 누나 걱정은 말고.

성규 아버지가 울먹이며 말했다.

나는 억지로 웃는 표정을 만들어 보려고 했지만 쉽지 않았다. 웃는데도 자꾸 눈물이 고였다.

성규 누나가 퇴원해 집으로 돌아왔다. 그녀는 여전히 말을 하지 못했고 방 안에만 틀어박혀 있었다. 가끔 성규 방에 들어가 방문을 열고 멍하니 숲을 바라볼 뿐이었다.

인적 드문 숲속의 집이라고 해서 소문이 피해 가지는 않았다. 피해자였음에도 자신을 짓밟은 가해자들보다 더 나쁜 인간으로 묘사되어 떠도는 소문이 그녀를 괴롭혔다. 성규 누나는 부쩍 성규 방에서 지내는 시간이 많아졌다. 죽기 전날에도 하루 종일 성규 방에서 숲을 바라보았다고 했다. 말을 잃었고 어차피 말할 상대도 없었다. 말을 잃기 전에도 별로 말이 없긴 했지만 말을 못 하는 것과 말을 안 하는 것은 달랐다. 클럽에서 다른 사람으로 살아가야 했던 그녀는 어느 게 진짜 자기 모습인지 헷갈렸다.

아버지에게서 시작된 비극이 자신에게까지 이어졌지만 동생

만큼은 다르게 살아가기를 바라는 마음으로 버텨온 그녀다. 서울에서 고등학교를 다닐 때만 해도 공부 잘하고 명랑했던 화가 지망생 소녀가 기지촌 숲속에 외로이 던져져 살아갈 줄 누가 알았겠는가. 제 몸은 힘들더라도 동생만은 티 없이 살기를 바라던 그 속을 누가 알겠는가.

　동생을 살인자로 만들었다는 생각만으로도 그녀는 견딜 수가 없었다. 말을 잃었다고 기억마저 잊히는 건 아니어서 하루하루 죄의식만 마음속에 쌓여갔다. 그녀는 신을 원망하거나 무능력한 아버지를 탓하지 않았다. 오로지 자기 자신만을 탓했다. 이 모든 비극이 자기 때문에 벌어진 일이라고 여겼다.

　'이깟 몸뚱어리가 뭐라고, 처음부터 짐승들에게 던져줄 걸 그날따라 굳이 집엘 가려고 쓸데없는 오기를 부린 건지 모르겠다. 성규야, 미안해.'

　결국, 성규 누나는 막사 옆 소나무 가지에 목을 맸다. 순찰 중이던 경비원이 그녀를 발견했다. 우중충한 하늘에서는 눈발이 날리던 날이었다. 미군 헌병과 한국 경찰이 주검을 수습할 때 성규 아버지는 멍하니 서서 눈 내리는 하늘만 쳐다볼 뿐 울지 않았다.

　- 아, 무슨 정절을 지키겠다고 자살을 했나 몰라.

　- 동생 인생 망치고 이젠 어미마저 잡아먹게 생겼네.

사람들은 여전히 솔숲 이야기로 소문을 뿌려대고 있었다. 내리는 눈처럼 소문은 근원지를 알 수 없었다. 사람들은 대문 밖에 눈 더미 같은 소문을 쌓아둔 채 수군거리며 겨울을 맞이했다.

성규 누나를 화장하던 날 나는 결석계를 내고 경호와 함께 성규 아버지를 거들었다. 구치소로 돌아가던 성규가 눈빛으로 전한 말이 무슨 의미인지 나는 알고 있다. 그 눈빛에 담긴 부탁을 알기 때문에 나는 성규를 대신하고 싶었다. 물론, 성규는 아직 누나의 비극을 알지 못한다.

나는 담임에게 사정을 이야기했다. 성규 담임도 수고하라는 말을 하며 내 등을 두드렸다. 울랄라 선생은 복도까지 따라 나와 내 손에 돈을 쥐어주었다. 얼떨결에 돈 봉투와 그녀의 손가락을 함께 쥐었다. 가슴이 뛰었다. 죽음을 대하는 자리에서도 본능은 살아 움직이고 있었다.

성규 아버지는 딸을 땅에 묻고 싶지 않다고 했다. 부모 잘못 만나 힘든 일 겪고 죽어버린 딸을 땅에 가두느니 바다에 뿌려 멀리 가게 해주고 싶다고 했다. 화장터에 도착해 수속을 마친 후 지체 없이 성규 누나의 관을 화구에 집어넣었다. 성규 사건을 담당하는 경찰이 찾아와 몇 가지 일을 도와주었다.

성규 누나가 재가 되는 동안 우리는 서둘러 점심을 먹었다.

나와 경호는 밥을 먹고 싶지 않았지만 성규 아버지가 굳이 우기는 바람에 서로 우울한 얼굴을 마주 보며 국밥을 먹었다. 성규 아버지는 소주 한 병을 비웠을 뿐 밥그릇엔 손도 대지 않았다.

파골한 유골을 받아든 우리는 솔숲에 잠시 들른 후 아산만으로 향했다. 어차피 아산만으로 가기 위해서는 숲을 지나가야 했다. 성규 엄마는 여전히 아무것도 모른 채 방에 누워 있다. 성규 아버지 부탁으로 친척 아주머니가 성규 엄마를 챙기고 있었다.

아산만에 도착했을 때 뉘엿뉘엿 해가 지고 있었다.

— 굳이 배를 빌릴 필요가 뭐 있니? 여기도 바다인걸.

유골함을 끌어안고 저수지 갑문 위에서 성규 아버지가 말했다.

경호가 나이트클럽으로 뛰어가 소주 한 병과 황태 한 마리, 쌀밥 한 그릇을 들고 왔다. 우리는 유골함을 들고 갑문 옆 방조제 비탈을 조심스레 걸어 내려갔다. 낚시꾼들이 버리고 간 쓰레기가 여기저기 뒹굴었다. 성규 누나의 처지도 버려진 쓰레기와 다를 게 없었다.

작별의 예를 갖추기 위해 나는 성규 아버지에게서 유골함을 받았다. 유골함은 여전히 따뜻한 온기가 남아 있었다. 식어가는 성규 누나의 체온을 느끼며 나는 경호가 깔아놓은 신문지 위에 유골함을 조심스레 내려놓았다.

– 누나, 잘 가!

경호가 무릎을 꿇은 채 유골함 앞에 소주잔을 올리며 눈물을 흘렸다. 나도 흐르는 눈물을 손등으로 훔쳤다.

성규 누나는 자주 성규에게 미안하다는 말을 했다. 아마도 클럽에 나가는 것에 대한 죄의식이 있었을 것이다. 그것이 성규 누나의 죄는 아니다. 그러나 간음한 여자를 돌팔매질로 죽이자고 예수에게 말하는 바리새인들처럼 사람들은 험담으로 성규 누나에게 돌팔매질을 했다.

죽은 자는 더 이상 미안하다는 말을 할 수 없으니 이제 미안하다는 말은 성규가 누나를 생각하며 짊어지고 가야 할 형벌이 되었다.

– 눈이 올 것 같구나. 서둘러야겠다.

성규 아버지가 바다 쪽을 바라보며 말했다. 곧 무너져 내릴 듯 하늘 한 귀퉁이에 검은 구름이 몰려 있었다.

성규 아버지가 먼저 유골함에 손을 넣은 후 뼛가루를 집어 들고 바다를 향해 뿌렸다. 뼛가루는 바다로 향해 날아가지 않고 바람에 날리며 자꾸 육지 쪽으로 되돌아 날아왔다. 나와 경호도 바다를 향해 누나의 뼛가루를 집어던졌지만 마찬가지로 뼛가루는 되돌아와 둑 위로 날아가 버렸다. 성규 아버지 신발에 묻기도 했고 바짓가랑이에 쏟아지기도 했다. 떠나고 싶지 않다는 듯 성규 누나 영혼이 도리질 치며 아버지 옷자락에 매달리는 것만 같았다.

경호와 나는 유골함을 들고 갑문 앞쪽 움푹 팬 곳으로 자리를 옮겨 유골을 쌀밥에 버무렸다. 저승길 가는 사람 배고프지 말라고 유골을 쌀밥과 버무려서 보내줘야 한다며 성규 아버지가 부탁한 일이다. 밥을 먹고 살았던 사람이 밥이 되어 떠나가는 것이다.

경호와 나는 유골을 한 줌씩 손에 쥐고 바다를 향해 던졌다. 밥에 묻은 뼛가루가 비로소 물 위를 날아가다 바다 위에 떨어져 가라앉았다. 떡밥인 줄 알고 물고기가 몰려드는지 수면에 파문이 일었다. 성규 누나는 물 위에서 얼마간 흘러 다녔다.

갑문 위에서 나는 울랄라 선생과 나누던 자유에 관한 이야기를 떠올렸다. 그날, 나는 막막한 자유보다는 안락한 구속을 옹호하는 말을 해놓고 뒤늦게 후회했었다. 섣부른 판단인지 모르겠지만 죽음만이 인간을 자유롭게 한다는 생각이 들었다. 갑문 안쪽에 갇힌 저수지 물처럼, 비극적인 운명에 갇힌 채 살아가던 성규 누나의 짧은 생애가 죽음이라는 갑문을 통과해 바다로 흘러가고 있는 것이다.

– 마지막 한 줌은 성규를 위해 집에 모시고 싶구나.

유골함이 비어갈 무렵 성규 아버지가 말했다.

손이 시렸다. 어느새 유골함도 차갑게 식었고 물 위를 떠다니던 뼛가루도 보이지 않았다. 그렇게 한 사람의 생애가 물 위에서 저물었다.

어째서 비극은 뿌리가 있는 식물처럼 한 곳에서만 계속 생겨나는 것일까. 경호 아버지가 반란군에 맞서 싸우지 않고 그들 편에 섰더라면 지금과 같은 비극은 일어나지 않았을 것이다. 아니 그들처럼 부귀영화를 누리며 살고 있을지도 모를 일이다. 하지만 성규 아버지의 양심은 비굴을 허락하지 않았고 자식들마저 끝없는 비극의 굴레 안에서 살아가고 있다.

비극은 약점을 파고든다는 점에서 인간의 본성과 닮았다. 인간이라면 누구도 죽음을 피해갈 수 없다. 예외 없이 죽는다. 다만, 악한 인간이 약한 인간보다 좀 더 오래 살아남을 뿐이다. 악마는 인간의 약점을 잡고 흥정한다. 인간은 그걸 운명으로 받아들일 뿐이라는 생각이 머릿속에서 맴돌았다.

21

내가 은미 편지를 받은 것은 겨울방학이 시작되던 12월 중순 어느 날이었다. 은미는 성규 누나와 리더의 죽음에 관한 소식을 전해 들은 모양이었다. 은미는 모든 비극의 원죄가 자기에게 있다며 괴로워했다.

나는 답장을 쓰지 않았다. 그것이 어떤 내용이든 은미에게 도움이 되지는 않을 거라는 생각이 들었다. 더군다나 한때 남자친구였던 리더가 죽었고 그 리더를 죽인 자가 바로 성규였다. 그럴 리는 없겠지만 미국인과 살고 있는 은미가 한국에서 만났던 남자들 때문에 굳이 문제를 만들 필요는 없었다.

성규는 1심 재판에서 20년 징역형을 선고받았다. 무기징역을 선고한 검찰은 판결에 불복해 항소했다. 검찰 측이 구형한 형량보다는 가벼워졌지만 어쨌거나 형이 확정되면 성규는 20년 동안 감옥살이를 해야만 한다. 성규는 국선변호인에게 검찰이 선고한 형량을 그대로 받아들이겠다고 말했다. 하지만 성규 아버지는 항소를 통해 한 번 더 사건의 진실을 알릴 기회를 갖기를 원했다. 다만 몇 년이라도 감형이 될 수 있을 거라는 희망을 갖고 있었다.

아내의 병 치료 외에 모든 것을 포기했던 성규 아버지가 비로소 또 다른 희망을 갖게 된 것이다. 물론, 그 희망은 성규가 출소할 때까지 성규 아버지의 가슴을 짓누를 것이다. 성규 아버지에게 희망이란 시시포스의 형벌처럼 반복되는 비극을 견디는 것 그 자체라는 생각이 들었다.

성규는 법대에 진학하고 싶어 했다. 시인이 되고 싶은 생각도 있었지만 무너진 집안을 일으키는데 시는 어느 모로 보나 쓸모가 없었다. 법대 진학은 누나의 바람뿐만 아니라 집안의 형편을 고려한 최선의 선택이었다.

그런데 지금 성규는 살인자가 되어 법과 정의의 여신 유스티치아가 들고 있는 저울 위에 올라가 있다. 심판하는 자와 심판

받는 자의 입장은 하늘과 땅 차이다. 한순간의 분노가 너무 많은 비극을 만들어냈다.

크리스마스 전날, 나는 성규가 수감된 천안소년교도소로 면회를 갔다. 성규는 푸른 수의를 걸치고 있었다. 누구보다 교복이 잘 어울리던 성규였다. 성규가 들으면 어떨지 모르겠지만 성규에게 수의도 잘 어울리는 건 사실이다.

성규 아버지는 내게 또다시 성규에게 누나 이야기를 하지 말아 달라고 부탁했다. 나는 그러겠노라고 대답했지만 언제까지나 성규에게 누나의 죽음을 비밀로 할 수는 없는 일이다. 누나의 죽음을 알게 된다면 성규는 진행 중인 재판에서 어떤 식으로든 감정을 드러낼 게 분명했다. 당연히 성규에게 불리하게 작용할 것이다.

— 얼굴 뽀얘졌네?

나는 성규를 웃기고 싶었다. 그런데 고작 한다는 말이 얼굴색에 관한 말이었다.

— 넌 왜 이렇게 까매진 건데?"

쇠창살을 사이에 두고, 다른 세상에 앉은 성규가 웃으며 답했다.

— 수의도 좀 어울리는 걸?

— 죄인이니 죄수복이 잘 어울리겠지.

나는 수의가 잘 어울린다는 애길 꺼내고 말았다. 성규는 입 가에 미소를 지었다.

– 기타리스트는 잘 지내냐?

성규가 경호의 안부를 물었다.

– 응, 대학가요제 나가겠다고 검정고시 준비하고 있어.

검정 고무신?

– 하하하.

검정고시를 검정 고무신에 빗댄 성규 때문에 나는 웃음을 터 뜨렸다. 그런 나를 보고 성규도 크게 웃었다.

지난여름 솔숲에서 본 게 마지막이었던 성규의 웃는 얼굴을 겨울이 되어서야 다시 보게 된 것이다. 이렇게 쉽게 터져 나오 는 웃음인데, 우리는 어쩌다가 웃음을 빼앗기게 된 것인지 알 수 없었다.

– 성규야, 은미에게 주소 알려줘도 되지?

갑작스럽게 꺼낸 은미 이야기에 성규 표정이 금방 굳었다. 나는 은미가 보낸 편지 이야기를 했고 성규는 가만히 듣기만 했다.

– 감옥에서 평생 썩어야 할 거야.

– 은미도 미국에 있는 걸 뭐.

성규는 더 이상 은미에 대해 얘기하지 않았다.

사람이 감옥에 갇혔다고 해서 사랑마저 감옥에 갇히는 건 아닐 것이다. 성규의 사랑은 지금부터 시작일지 모른다. 상대에게 더 이상 아무것도 바라는 게 없을 때 그때부터 진정한 사랑은 시작되는 것이라는 생각이 들었다.

— 구희야, 메리 크리스마스!

간수의 독촉에 떠밀리듯 면회실을 빠져나가며 성규가 큰소리로 외쳤다.

면회실 밖으로 사라지는 성규의 뒷모습을 바라보며 나는 또다시 일곱 살 겨울의 크리스마스이브를 생각했다. 미군 헌병에게 매달린 채 엉엉 울던 나는 그 울음으로 위기에 빠진 아버지를 구해낼 수 있었다. 그런데 지금은 엉엉 울 수도 없고 또 운다고 해도 감옥에 갇힌 친구를 구해낼 수가 없다. 이제 더 이상 울음이 무기가 되지 못하는 나이가 된 것이다.

성규와 나는 곧 열아홉 살이 된다. 이제 울음은 단지 나약한 인간의 표상일 뿐이다. 감옥 안으로 들어가며 메리 크리스마스를 외치던, 비극을 안고 살아가는 성규의 웃음이 오히려 울음보다 강하게 느껴졌다.

나는 생장점의 마지막 촉수를 성규의 웃음소리에 꽂으며 힘겨웠던 열여덟 살의 겨울을 빠져나가고 있었다.

메시아는 다시 오지 않는다

22

　겨울이 끝날 무렵, 눈 쌓인 평택역 광장에서 경호를 만났다. 기타 케이스를 등에 지고 나타난 경호는 여전히 떠날 궁리만 하고 있었다. 돌아오기 위해서라도 일단 지금은 떠나야 할 때라고 경호는 말했다.

　성규 누나 장례식 이후 두 달 만에 다시 만난 우리는 철길 위를 가로지르는 구름다리를 건너 광장 뒤쪽으로 갔다. 광장 뒤쪽은 달의 뒤편처럼 그늘지고 어두운 곳이어서 사람들이 잘 가지 않는 곳이다.

경호와 나는 구름다리 위에서 잠시 철길을 바라본다. 평행선으로 달리던 철로가 하나로 합쳐져 소실점이 되었다. 언젠가는 성규와 우리도 저 소실점처럼 다시 만날 것이다. 구름다리 밑으로 무정차 열차가 빠른 속도로 지나갔고 구름다리가 심하게 흔들렸다. 지난 몇 달간 우리가 겪은 열아홉 살이 무정차역 같았다. 세상은 집과 학교 어디에도 우리를 내려주지 않았고 우리는 여전히 달리는 중이다.

경호와 나는 철길 옆 측백나무 담장에 붙어 있는 작은 식당 안으로 들어가 국수와 소수를 주문했다. 밴드의 단골집이라고 경호가 웃으며 말했다. 경호의 미소는 그의 기타 연주보다 멋지다. 예외 없이 누구나 그가 지닌 미소를 부러워했다.

– 우린 매일 떠나기만 하는구나. 딱히 갈 곳도 없으면서.

– 쎄라비! 그게 인생 아니겠냐.

– 새끼, 겨우 열아홉 살 살아놓고 인생을 논하고 지랄이야.

경호가 놀리면서 내 말을 받아쳤다.

포장마차를 개조한 식당 안은 썰렁했다. 막 문을 열었기에 손님이라곤 경호와 나밖에 없었다.

– 몇 달 새 많이 컸네, 우리 구희! 인생을 말하고.

– 지난 몇 달 동안 겪은 일을 생각해 봐. 얼마나 많은 일들이 우리를 죽일 듯이 괴롭혔냐? 성규 일만 해도 그렇고.

성규 이야기를 꺼내자 경호 낯빛이 내려앉은 겨울 하늘만큼이나 어두워진다. 나는 검정고시를 검정 고무신이라 부르며 웃던 성규 이야기를 경호에게 들려주었지만 경호의 얼굴은 좀처럼 밝아지지 않았다.

– 아줌마, 트리 불 좀 켜도 되죠?

경호가 철 지난 크리스마스트리의 스위치를 올린다. 탁자 옆에 세워진 트리와 함께 식당 천장에서도 별처럼 전구가 빛났다. 우중충한 날씨 때문에 어둡고 싸늘하게 느껴지던 실내가 꺼질 듯 말 듯 위태롭게 반짝이는 전구 덕분에 조금 따뜻해졌다.

세상 사람들 또한 천장에 매달린 전구처럼 힘겹게 삶을 이어가고 있다. 눈감으면 죽음이요, 눈뜨면 삶인 것이 전구나 인간이나 다를 바 없었다. 감옥에 갇힌 성규의 처지도 명멸하는 전구보다 나을 게 없다.

성규의 빈자리 때문인지 몰라도 우리가 앉은 탁자는 처음부터 균형이 맞지 않았다. 팔꿈치로 누를 때마다 갸우뚱거리며 좌우로 흔들렸다. 흔들릴 때마다 소주잔 밖으로 술이 흘러넘쳤다. 얼굴을 마주 보고 있는 경호와 나도 균형이 안 맞는 탁자처럼 불안하고 위태로운 건 마찬가지였다.

– 열아홉 살이 되었는데도 달라진 게 없네.

국수 국물을 마시며 경호가 말했다.

- 마흔아홉 살이 되어도 크게 달라지는 건 없을 것 같아. 그때도 우리가 오늘처럼 함께 할 수 있을까?

- 우린 그냥 오늘을 살아가는 거야. 무슨 20년씩이나 뒤에 벌어질 일을 걱정하고 그러냐?

경호가 구박하며 잔을 비웠다.

- 그런 놈이 검정고시는 왜 보려고 하는 건데?

- 학교가 길을 보여주지 않으니까. 내 앞길은 내가 만들어야지.

경호 말도 일리가 있었다. 우린 살아보지도 않은 미래를 위해, 보이지도 않고 잡히지도 않는 행복을 위해 너무 많은 대가를 지불하고 있다. 열아홉 살이 되었는데도 학교는 마치 운하를 지나가는 배를 관리하는 것처럼 우리를 대했다. 예외 없이 도크에 물이 찰 때까지 기다리게 한 후 다음 단계로 한꺼번에 우리를 이동시켰다.

경호는 다른 길을 찾았다. 다만 그 길이 목적지와의 거리를 단축시키는 운하가 아니어서 사막의 낙타처럼 혼자 먼 길을 돌아가야 한다. 사실, 학교라는 운하를 통과해 세상으로 쏟아져 나온 아이들이 인생의 지름길을 지나온 것인지는 알 수 없다. 어쩌면 삶의 지름길 같은 건 없는 것인지도 몰랐다.

- 경호 씨!

해 질 무렵, 간이식당의 세 번째 손님이자 경호 여자 친구인 상미가 웃으면서 식당 문을 열고 들어섰다. 낮은 천장에서 깜박이는 전구가 머리에 닿을 정도로 키가 컸다.

– 여긴 장차 작가가 될 내 친구 구희. 흐흐.

어정쩡하게 서 있는 나를 소개하며 경호가 징그럽게 웃었다.

상미는 동사무소에서 일하는 말단직 공무원이다. 고등학교를 졸업하자마자 공무원 시험에 합격했다. 상미는 경호가 나이트클럽에서 기타 연주를 하는 재수생인 줄 알고 있다. 비록 자퇴를 했을지언정 대입 검정고시를 준비하고 있었기에 틀린 말은 아니다.

– 1년 꿇었다고 들었어요. 후배들과 같이 학교 다니기 힘들겠어요.

상미가 웃으며 말했다.

– 아, 그게... 그렇죠, 뭐.

나는 갑작스런 질문에 당황했고 아니라고 할 수도 없어 애매하게 대답했다.

무릎을 꿇듯 한 학교를 다 마치지 못해 다시 다닌다는 뜻을 지닌 꿇었다는 표현이 마음에 들지 않았다. 하지만 성규의 다짐처럼 나 또한 친구를 위한 일이라면 언제라도 무릎 꿇을 각오가 돼 있었기에 상관하지 않았다.

－ 상미 씨가 공무원이니 너희 아버지 소원 절반은 들어드린 거나 다름없는 거네?

－ 근데, 공무원 정년이 몇 살이지?

내 말을 다 듣지도 않고 경호가 상미에게 공무원 정년을 물었다. 상미는 잘은 모르겠지만 아마도 60세일 거라고 대답했다. 경호는 40년 동안이나 같은 일을 반복하며 책상 앞에 앉아 있다는 건 형벌이나 마찬가지라고 말한 뒤 기타 케이스에서 일렉트릭 기타를 꺼내 튜닝을 한다.

－ 반복되는 시간을 견디는 거, 누구나 다 그렇게 사는 거 아닌가?

상미가 경호를 쳐다보며 말했다. 경호 의견에 대한 반론인지 단순한 자기주장인지 분명하지 않았다.

원래 상미는 경호 형을 좋아했다. 어느 날 음악다방에서 디제이를 보던 경호 형의 목소리를 듣고 난 후 상미는 경호 형의 광팬이 되었다. 상미는 경호 형을 보기 위해 매일 음악다방엘 들렀다. 그러나 안타깝게도 경호 형에겐 여자 친구가 있었다. 상미는 음악다방에 갈 때마다 편지를 써서 뮤직 박스 안에 있는 경호 형에게 건넸다. 경호 형은 읽지도 않은 편지를 구겨버리곤 했다. 그것은 자신을 감시하고 있는 여자 친구에게 보여주기 위한 일종의 퍼포먼스였다. 물론, 경호 형에게 편지를 보낸 여자가 상미뿐만은 아니어서 뮤직 박스 안에는 언제나 구겨진 편지가 가득했다.

어느 하루, 급한 일이 생긴 경호 형은 경호에게 대신 시간을 메워 달라고 부탁했다. 음악을 틀거나 아니면 기타를 치며 노래를 불러도 된다고 했다. 형의 시간을 대신 메워야 했던 경호는 뮤직 박스 안에서 기타를 치며 노래를 불렀다. 그날 경호의 노래를 듣고 상미의 마음이 경호에게 건너간 것이다.

튜닝을 끝낸 경호가 기타를 치기 시작했다. 앰프에 연결하지 않았으므로 기타 소리가 크게 들리지는 않았다. 상미는 그런 경호의 모습을 황홀하게 쳐다보고 있었다. 나는 갑자기 울랄라 선생이 보고 싶어졌다.

경호는 기타리스트 로이 부캐넌이 작곡한 〈The Messiah Will Come Again〉을 연주했다. 경호가 연주하는 모든 곡이 좋지만 이 곡은 특히 성규가 좋아했었다. 나는 게리 무어의 연주를 즐겨 들었지만 경호의 연주를 더 좋아했다. 경호가 성규를 생각하며 연주하고 있다는 것을 알 수 있었다. 연주를 듣는 내 마음도 어느새 경호 손끝에서 떨고 있는 기타 줄처럼 울고 있다. 경호 연주를 들을 때마다 성규는 경호가 연주하는 모습을 그대로 흉내 내곤 했었다. 성규는 이제 감옥 안에서 음악도 없이 자기를 흉내 내며 그림자처럼 살아갈 것이다.

– 메시아가 우리 곁에 다시 올까?

경호가 연주를 끝냈을 때 비로소 눈 뜬 경호에게 내가 말했다.

– 신은 죽었다는 말, 몰라?

여전히 감정에 젖은 채로 경호가 말했다.

– 신은 죽었다. 그러므로 우리는 이제 초인을 받아들여야 한다.

나는 울랄라 선생과 함께 읽은 적 있는, 그녀가 빌려준 니체의 책에 적힌 글을 읊었다.

– 짜식! 뭘 좀 아는군.

경호가 기타를 케이스에 집어넣으며 말했다.

지금 살고 있는 세계가 힘들고 고통스럽더라도 최선을 다해 현실을 살아가는 자가 바로 초인이라고 니체는 말했다. 경호와 나는 애초부터 초인이 되기는 틀렸다. 예술을 좋아하는 사람은 초인보다 폐인이 될 확률이 더 높다는 생각이 들었다. 나는 우리 셋 중에서 성규가 초인이 될 가능성이 가장 많다고 생각했다. 삶에서 가장 위대한 단어는 운명에 대한 사랑이라고 니체가 말한 것처럼, 그것이 고통의 운명일지라도 성규는 분명 감옥에 갇힌 자신의 운명을 사랑할 것이란 걸 알기 때문이다.

식당 문을 열고 밖으로 나오자 기적 소리가 들린다. 울림 때문인지 몰라도 구름다리 지붕 끝에 매달린 고드름이 철길 위로 몸을 던진다. 구름다리를 건너 다시 역 광장으로 나왔을 땐 이미 한밤중이었다. 나는 경호와 상미를 둘만의 시간 속으로 보내주고 싶었다. 그리고 마치 가야 할 곳이 있는 것처럼 손을 흔들며 그들과 서둘러 헤어졌다.

경호와 상미가 광장을 가로질러 어두운 골목 안으로 사라지자 반대 방향으로 걷던 나는 비로소 갈 곳이 없다는 것을 깨달았다. 버스를 타고 다시 내려 울랄라 선생 집으로 갔지만 불이 꺼져 있었다. 창문을 두드린다고 해서 불이 켜질 것 같지 않았다. 나는 허탈했지만 오히려 잘 됐다는 생각이 들었다. 내 몸과 마음을 움직인 것이 혹시나 하는 미망에 기댄 감정이라면, 그것은 불행의 씨앗이 될 수도 있다는 생각이 들었으므로. 다시 오지 말자고 내게 말했다.

사랑이라는 감정의 싹이 생기기 전에 욕망을 먼저 알아버린 것을 반성하는 착한 소년이 내 안에 있었다. 기특하게 여겨졌다. 그러면서도 한편으로는 그녀가 등 뒤에서 내 이름을 불러줄 것만 같은 기대를 아주 버리지 못한 소년도 있었다. 절실하게 한 번만 더 나쁜 소년이 되고 싶었던 나는 혹시나 하는 생각에 눈길에 미끄러지면서도 자꾸 뒤를 돌아보았다.

23

경호와 상미는 광장을 지나 붉은 거리를 빠르게 지나갔다. 상미의 귀가 시간이 얼마 남지 않았기 때문이다. 두 사람은 손을 잡은 채 걸음을 재촉했다. 유리방 안의 여자들이 소리를 질렀다. 하지만 문밖으로 나와 남자를 잡아끌지는 않았다.

상미는 조급했다. 돌려받을 수 없는 거스름돈 대신 무언가를 사야 하는 것처럼 귀가 시간까지 남아 있는 시간을 아낌없이 경호와 쓰고 싶었다. 상미는 경호와 함께 지내는 시간이 좋았다. 경호 그 자체를 즐겼다. 경호는 자기가 아끼는 깁슨 기타처럼 상미를 대했다. 밴드가 쉬는 날이면 어김없이 상미를 만났다.

두 사람은 골목 끝에 있는 모텔을 향해 걸어갔다. 커다란 선인장 모양의 간판이 인상적인, 텍사스라는 이름을 가진 모텔이었다. 붉은 거리 끝에 지어진 텍사스 모텔은 흡사 망루 같았다. 4층짜리 새 건물이었는데 선인장 인테리어가 독특했다.

소문에 의하면 텍사스 모텔의 사장은 포주 출신의 늙은 여자였다. 밑에 관리자를 두고 붉은 거리 북쪽 끝에 붙어있는 단층 건물 십여 채를 소유하고 수십 명의 여자들을 관리했다. 다만 4층 높이의 텍사스 모텔은 숙박업소 본연의 용도로만 사용되었다. 붉은 거리의 부정적 이미지를 숙박업으로 세탁하기 위한 혐의가 짙었다.

붉은 방을 관리하는 사내들은 대개 주류 도매상이나 커피숍을 운영하는 조직의 하부 조직원들이었다. 구역별로 주인이 다르긴 했지만 어쨌거나 붉은 거리는 조직의 영역이었다. 그들은 붉은 유리방의 여자들을 관리했다.

– 여긴 다른 세상 같아.

창가에 선 상미가 붉은 거리를 내려다보며 말했다.

– 사막 같지 않냐? 나처럼 길을 잃은 사람들이 헤매는 붉은 사막 말이야.

경호가 상미를 끌어당기며 말했다.

– 손가락으로 느낄 수 없다면 다른 무엇으로도 느낄 수 없지.

상미는 경호의 기타가 되었고 경호의 손길은 그의 연주처럼 집요했다. 12시가 가까워오자 상미와 경호는 열쇠를 빼 들고 모텔을 나섰다.

골목엔 취한 남자들이 어슬렁거리며 들개처럼 몰려다녔다. 몇몇은 붉은 유리방 앞에서 실랑이를 벌이다 조직원들에게 쫓겨나기도 했지만 붉은 거리는 비교적 평온했다. 두 사람은 종종걸음으로 택시가 다니는 큰길을 향해 걸었다.

한순간 붉은 유리방 안을 쳐다보던 경호 눈에 낯익은 얼굴이 나타났다 사라졌다. 붉은 조명과 짙은 화장 탓에 선명하게 보이진 않았지만, 은미 같았다. 그럴 리 없다고 생각하면서도 경호는 붉은 유리방 안을 유심히 쳐다보며 걸었다.

– 뭐야! 딴 여자 얼굴이나 뚫어져라 쳐다보고.

상미가 걸음을 멈춘 경호를 잡아끌며 소리쳤다. 경호는 은미 이야기를 상미에게 설명할 수 없었다. 상미를 달래 택시에 태워 보낸 경호는 잽싸게 유리방 앞으로 달려와 기웃거리며 안을 살폈다. 의자엔 모르는 여자가 앉아 있었다. 경호는 그녀에게 좀 전에 앉아 있던 사람의 이름을 알 수 없는지 물었다. 그녀는 그런 걸 왜 시시콜콜 묻느냐며 기분 나쁜 표정을 짓더니 문을 세차게 닫아버렸다. 붉은 거리 사람들은 개인 신상에 대해 캐묻는 것을 극도로 싫어했다.

　- 볼일 없으면 조용히 가던 길 가라.

　한 사내가 다가와 경호에게 속삭였다. 경호는 하는 수없이 그
곳을 빠져나와 모텔로 돌아왔다.

　텍사스에 있어야 할 은미였다. 은미와 비슷하게 생긴 여자일
수도 있지만 경호의 촉은 한 번도 어긋난 적이 없었다. 경호는
방 안의 불을 끄고 창가로 다가가 붉은 거리를 내려다본다. 겨
울이 다 지나간 것 같았는데 눈발이 날린다. 몰려다니는 사내들
처럼 어둠 속에서는 눈발도 붉은 등 아래로 몰려들었다.

　분명 은미였다고 생각하면서도 경호는 그 여자가 은미가 아니
길 바랐다. 다른 데도 아니고 이런 곳에서 은미를 만난다면 어
처구니없는 일이라는 생각도 들었다. 경호는 텔레비전을 켜 둔
채 잠이 들었다. 텔레비전은 밤새 신음 소리를 방안에 쏟아부었
다. 사실, 이 거리에 사랑은 없다. 나를 사랑해 달라고 애원하
는 구걸만 있을 뿐이다. 포근한 밤눈이 적선처럼 골목에 쌓이고
있었다.

24

겨울밤 붉은 거리의 소란은 오래가지 않았다. 소란은 새벽이면 눈과 함께 얼어붙었다. 그 시간엔 붉은 유리 안의 여자들도 잠을 자기 위해 방으로 들어갔다. 하얗게 눈이 쌓인 이른 아침, 잠이 덜 깬 사내 하나가 잽싸게 붉은 거리를 빠져나간다. 그가 남긴 첫 발자국이 길을 만든다. 하나둘 발자국이 늘어났다. 세상의 모든 길은 도망치는 자들의 뒤를 따라 생기는 건지도 몰랐다.

방문을 두드리는 소리에 잠이 깬 경호는 졸린 눈을 부비며 방문을 연다. 문 앞에 두툼한 목도리를 두른 상미가 눈사람처럼 서 있었다.

— 어쩐 일이야? 이 시간에.

경호가 침대 위 뭉개진 이불 속으로 애벌레처럼 기어들어 갔다.

— 응, 출근하는 길에 자기 아침 챙겨 왔어.

상미가 손에 든 쇼핑백을 내려놓는다.

— 야, 누가 보면 어쩌려고. 아침에 여기를.

— 이 아저씨, 보기보다 소심하네. 누가 보든 말든 뭘 상관이냐고요.

— 어젯밤 귀가 시간 지키려고 택시 잡아탄 여자 맞아?

— 지킬 건 지키고 할 건 하는 거지.

상미가 침대에 걸터앉자 경호가 상미의 허벅지 위에 머리를 올려놓는다. 경호가 상미의 코트 속으로 손을 집어넣었다. 햇살 아래 눈처럼 차가운 상미의 몸이 조금씩 녹아내린다.

그때였다. 상미가 갑자기 차가운 손바닥을 경호의 등짝에 갖다 댄 것은.

— 앗, 차가워!

경호가 소리를 지르며 이불 속으로 제 몸을 숨겼다.

— 지킬 건 지켜야지.

경호의 머리를 침대에 집어던지는 시늉을 하며 상미가 일어섰다.

– 오늘 할 일을 내일로 미루지 말자, 응?

경호가 상미를 쳐다보며 간절하게 애원했지만 상미는 이미 신발을 신고 있었다.

– 시험 준비나 잘하셔!

상미가 쾅, 문을 닫고 사라진다. 경호는 갑자기 자신이 한심스럽게 느껴졌다. 모두 부지런하게 시작하는 이른 아침에 상미의 몸에 매달린 것에 대해 부끄러운 생각이 들었다.

상미 신발이 잠시 머문 자리에 물이 고여 있었다. 신발 밑창에 묻은 눈이 녹아 어느새 신발 모양의 얼룩을 만들어 놓은 것이다. 얼마나 많은 사람들이 나도 모르는 흔적을 남기며 살아가는가. 경호는 상미의 삶에 얼룩이 되지 말자고 다짐했다. 물론, 열아홉 살 경호의 몸도 타인이 남긴 흔적으로 얼룩이 지고 있었다.

상미가 들고 온 쇼핑백 속에는 빵과 우유, 그리고 잘 챙겨 먹으라는 메시지가 적힌 메모장이 들어 있었다.

경호는 12시가 다 되어 모텔 문을 나섰다. 붉은 거리를 가로질러 광장을 건너면 아산만행 버스가 출발하는 터미널에 닿을 수 있었다. 붉은 거리의 눈과 사막의 모래가 닮았다고 생각하면서 경호는 낙타처럼 또박또박 눈길 위를 걸었다. 눈송이는 추울 때 가장 가볍다. 경호 처지가 그랬다. 춥고 가난했지만 누구보다 가볍고 자유로웠다.

텍사스 모텔 선인장 간판이 절반 크기로 보일 즈음, 광장 쪽으로 걸음을 옮기던 경호는 두툼한 코트로 몸을 가린 여자와 마주쳤다. 은미였다. 화장을 지운 맨 얼굴이었지만 지난여름 솔숲에서 보았던 그 은미였다.

– 은미야!

경호가 소리치며 은미를 불렀다. 깔깔거리며 지나가던 여자들이 힐끔거리며 경호를 쳐다보았다.

– 어, 경호야.

은미가 젖은 머리카락을 귀 뒤로 쓸어 넘기며, 당황한 듯 작은 소리로 말했다.

– 경호야, 〈카사비앙카〉에 가서 기다리고 있을래? 금방 갈게.

은미는 무언가 불편한 듯 경호에게 광장 건너 음악다방에 가서 기다려 달라고 부탁했다. 붉은 거리에서 아는 여자를 만난다는 것은 기쁨보다 어색함이 더 클 수밖에 없다. 은미 역시 난감하기는 마찬가지였다.

〈카사비앙카〉는 지하에 있었다. 이탈리아 칸초네 카사비앙카에서 가게 이름을 따왔다. 지하에 있다는 이유가 아니더라도 언덕 위의 하얀 집을 상상하기엔 여러모로 무리가 있었다. 단지 외부 출입문을 하얗게 칠한 것만으로 하얀 집의 상징을 만들었을 뿐이다.

경호는 카운터에 앉아 있는 사장에게 인사를 한 후 뮤직 박스 옆자리에 기타를 내려놓으며 앉았다. 비교적 이른 시간이라 그런지 홀 안에는 서빙을 하는 사내밖에 없었다.

사장은 경호가 형을 만나기 위해 들락날락 거릴 때부터 알고 지내는 사이였다. 팔뚝에 문신을 새긴 것 외에 특별히 거칠어 보이진 않았지만 광장 일대를 장악하고 있는 조직의 이인자였다. 음악다방은 일종의 사무실 같은 곳이었다. 본업은 주류 납품과 사채놀이, 그리고 붉은 거리에서 일하는 여자들에 대한 관리였다. 경호가 형을 대신해 며칠 음악을 틀 때도 사장은 일정한 시간만 되면 사내 한둘을 앞세운 채 장부와 수금 가방을 들고 어디론가 사라지곤 했다.

경호는 커피를 마시며 은미를 기다렸다. 경호는 은미와 마주치지 않는 게 나았을지도 모른다고 생각했다. 그러나 바로 코앞에서 마주쳤으니 달리 피할 수도 없었다. 경호는 은미를 단 한 번도 길에서 우연히 만난 적이 없다고 말하며 아쉬워하던 성규의 얼굴을 떠올렸다.

— 오래 기다렸어?

스웨터를 입은 은미가 나타났다. 목소리가 미미하게 떨리는 것으로 보아 은미의 감정도 머릿결처럼 조금은 들떠 있는 것 같았다. 은미는 카운터 앞에서 마주친 사장에게 인사하며 오빠라는 호칭을 썼다. 기쁨을 겉으로 표현해서는 안 되는 사람들처럼 경호와 은미는 차분했다.

– 커피 마실래?

은미는 고개를 끄덕이며 미소를 지었다.

경호는 서빙하는 사내를 부르더니 이글스 노래를 틀어달라고 부탁했다. 워낙 이글스의 노래와 연주를 좋아하기도 했지만 경호는 함께 노래 부르며 지내던 솔숲의 여름 한 철을 추억하고 싶었다. 잠시 후 이글스 음악이 흘러나왔다. 그런데 하필 노래가 〈Lyin' Eyes〉였다. 돈 때문에 남자를 바꾸는 여자 이야기를 글렌 프라이가 담담하게 읊조리고 있었다.

거짓말을 하는 너의 눈빛을 숨길 방법은 없어.
넌 너의 거짓 눈빛을 속일 수는 없어.

우연치고는 곡 선택이 절묘했다. 음반이 닳도록 듣던 노래이기 때문에 경호가 가사 내용을 모를 리가 없다. 서빙하는 사내가 경호에게 모종의 메시지를 전하는 것 같았다. 은미는 숲속

생일 파티 이후의 시간에 대해 이야기했다. 이글스 보컬 글렌 프레이의 목소리는 여전히 거짓말을 하는 여자의 눈빛에 관해 얘기하고 있었다.

– 학교였다면 지금 이 시간, 오후 3시인 지금이 제일 지루할 때란 말이지. 이것도 저것도 아닌, 졸리기만 한 시간이니까.

경호가 소파 등받이에 몸을 묻으며 말했다.

오후 3시의 어정쩡함 만큼이나 경호와 은미가 처한 상황 또한 다르지 않았다. 몸만 학교에 없을 뿐인데 사람들은 교과서와 함께 두 사람의 미래까지 책상 속에 두고 나온 것처럼 얘기했다. 평일 오후 3시에 아무 데도 머물 곳이 없는 열아홉 살의 다른 이름은 방황하는 청춘이다. 학교를 그만두거나 대학 진학을 하지 않은 아이들은 자진해서 공장이나 술집, 학원가로 걸어갔다. 경호와 은미는 오후의 햇살을 견디며 시간을 소비했다. 과거도 미래도 현실도 무엇 하나 구체적인 게 없었다. 오후 3시엔 모든 게 비현실적으로 느껴졌다.

두 시간 정도 이야기를 나누고 경호와 은미는 헤어졌다. 은미가 붉은 거리로 돌아가야 했기 때문이다. 많은 말을 나눈 건 아니었지만 엎질러진 물을 확인하기에 충분한 시간이었다. 경호는 악몽을 꾼 것 같다고 말했고 은미는 그 악몽이 현실이라고 말했다. 헤어지기 전 두 사람은 터미널 옆 식당에서 국수를 시켜

먹었다. 뜨거운 국수 국물을 마시며 은미는 뜨겁게 눈물을 흘렸다.

– 국수도 좀 먹어.

울면서 국수 국물을 마시고 있는 은미를 쳐다보며 경호가 말했다. 두 사람은 자기 앞에 놓인 국수 그릇을 깨끗하게 비웠다.

– 국수가 얼마나 먹고 싶었는지.

은미가 국수 그릇을 내려놓으며 말했다. 은미 입에서 나온 말은 병원에 입원해 있던 엄마가 잠시 외출해 이 집 잔치국수를 먹으며 내뱉었던 말이기도 했다.

국수는 마음 따뜻한 사람들이 좋아하는 음식인 것 같다. 내가 좋아하는 사람들은 모두 따뜻한 국수를 좋아했다. 사람들이 이 집 국수를 기억하는 것은 따뜻함을 잊지 못하기 때문일 것이라는 생각이 들었다.

– 시간 날 때 같이 성규 면회 한 번 가자.

– ······.

은미는 대답하지 않았다.

경호는 아산만행 버스에 올라 손을 흔들었다. 은미도 여러 번 손을 흔들었다. 은미는 미안함을 갖고 있는 것 같았다. 사실 은미가 미안해할 일도 아니었다. 은미의 불행이 그녀의 선택은 아니지 않은가. 눈은 녹았고 은미는 젖은 광장을 가로질러 다시 붉은 거리로 돌아갔다.

은미는 클럽에서 만난 흑인 병사와 함께 텍사스로 갔다. 브래들리, 그는 죽은 성규 누나와도 잠시 만난 사이였다. 집을 떠날 수만 있다면 어디든 괜찮다고 은미는 생각했다. 착오였다. 브래들리는 은미를 집안에 가두고 인형처럼 다뤘다. 죽여 버리겠다는 협박도 서슴지 않았으며 여권까지 빼앗아 버렸다. 은미는 얼굴에 피멍이 들어 밖에 나갈 수도 없었다. 비행기들이 멀리 날아갔다가 밤이 되면 이륙했던 곳으로 다시 돌아가듯 은미 또한 한국으로 돌아가고 싶었다.

비행의 목적은 떠나는 것보다 돌아오는 것인지 모른다. 산다는 것이 연료를 소비하듯 시간을 소비해야 하는 일이라면, 누군가에게 돌아가기 위해서는 어느 지점에서 회항할 것인가를 결정해야 한다.

어느 날 덩치 큰 흑인 여자가 찾아와 다짜고짜 은미의 머리채를 잡고 흔들었다. 비록 입술은 찢어졌지만 그날은 짧은 미국 생활 중 가장 기쁜 날이었다. 흑연 여자는 브래들리의 부인이었다. 은미는 브래들리가 자기를 속인 게 화가 났지만 오히려 잘된 일이라고 생각했다. 브래들리는 부인 앞에서 얌전한 푸들 강아지가 되었다. 그토록 잔인했던 사람이 푸들로 바뀔 수 있다니, 은미는 울음을 터뜨렸다. 브래들리의 아내는 은미에게 비행기

티켓까지 챙겨 주었다. 물론, 다시 눈에 띄는 날엔 죽여 버리겠다는 말도 잊지 않았다.

돌아온 은미는 집으로 가지 않았다. 죽은 리더와의 관계 때문에 클럽으로 갈 수도 없었다. 친구 소개로 붉은 거리에 들어온 지 얼마 지나지 않아 경호를 만난 것이다.

아산만으로 향하는 버스 안에서 경호는 스무 살이 되기 전에 십 대의 고난을 끝내기로 마음먹었다. 아버지의 죽음과 친구의 비극은 어쩔 수 없다 해도 자기가 파 놓은 구덩이에 자기 발목을 잡히는 일은 하고 싶지 않았다. 경호는 음악을 계속하기 위해서라도 대학에 진학하기로 다짐했다. 친구들과 지냈던 이야기를 노래로 만들어 가요제에 나가고 싶었다. 유명해질 수만 있다면, 억울했던 시간도 보상받을 수 있을 것 같았다. 경호는 대학입시를 준비해야겠다고 생각했다.

관광단지 정류장에서 내린 경호는 멜로디를 흥얼거리더니 휘파람을 불었다. 아직은 대기실에서 삶을 준비하고 있는 대기자의 허밍에 불과했지만 경호의 휘파람 소리는 어둠 속으로 멀리멀리 퍼져 나갔다. 포구 남쪽에서 날아온 기러기들이 감정을 꾹꾹 억누르며 휘파람을 불 듯 울면서 북쪽을 향해 날아갔다.

소년과 여자

25

봄이 시작되었고 3학년이 되었다. 스무 살을 앞에 둔 나는 존재의 무게감에 대해 자주 생각했다. 울랄라 선생 앞이라든가 새엄마 앞에서 나는 한없이 분위기를 가라앉혔다. 수영장에서 숨 참기 게임을 하듯 수면 위로 떠오를 때까지 참고 또 참았다.

그러나 물속에서 견디는 것이야말로 세상에서 가장 경박한 무게감이다. 40초 안팎의 시간을 견디는 게 전부일 텐데, 나는 물속에서 온갖 발버둥을 치며 참고 또 참았다. 물론, 열아홉 살은 물속에서 조금 더 숨을 참아야 하는 시절이 맞긴 하다.

나는 곧 거친 숨을 몰아쉬며 스무 살 수면 위로 떠오를 테지만 그것은 사실 밖에서 바라보면 아무것도 아닌 40초 동안의 허우적거림에 불과하다.

지난 겨울방학 때 울랄라 선생은 파리로 여행을 떠났고 방학이 끝날 즈음에 돌아왔다. 빌렸던 책을 반납하기 위해 잠깐 만났는데 그녀의 걸음걸이가 무거운 짐을 내려놓은 말의 보행처럼 무척 가볍게 느껴졌다. 길 끝에서 나와 헤어질 때도 돌아보지 않았다. 그런 적이 없었다. 나는 그녀 혼자 떠난 여행이 아니란 걸 직감했지만 굳이 묻지 않았다.

불안한 직감에도 불구하고 나는 그녀를 만나기 위한 핑계를 만들었다. 책을 빌려준다거나 빌린 책을 돌려주는 따위의 꺼리를 만들어 불안을 조금씩 해소했다.

'모든 책은 핑계이자 작가의 자기만족을 위한 배설일 뿐이야.'

아버지 장례식을 치르고 돌아온 그녀가 내게 말했다. 그녀의 아버지는 결국 결핵 요양원에서 숨을 거두었다. 그녀가 왜 갑자기 그런 말을 했는지 이해할 수 없었다. 책은 핑계이자 작가의 배설일 뿐이라는 그녀의 말에 나는 서글퍼졌다. 그녀는 책 한권을 내게 내밀었다. 책을 건네며 그녀는 내 손가락을 힘주어 만졌다. 손가락으로 문장을 더듬으며 책을 읽는 나의 버릇이 그녀에게 책을 빌리던 순간부터 시작된 것이 분명했다.

– 손가락이 좋아요?

– 너를 느끼게 해주니까.

– 헷갈리지만, 이해할 수 있어요.

– 아니, 넌 이해하지 못할 거야. 느끼는 거라면 몰라도.

내가 더 이상 독서 모임에 나가지 않았기에 그녀를 자주 만날 수는 없었다. 하지만 잠깐 얼굴을 보는 것만으로도 그리운 감정을 어느 정도 참아낼 수 있었다. 딱 거기까지였다.

그녀가 자꾸 생각날 때마다 나는 그녀를 생각하며 내 몸을 만졌다. 물속에서 일 초만 더 참자고 다짐하듯 절정에 다다른 순간에도 언제나 마지막 일 초를 참아내기 위해 애를 썼다. 어차피 물속에 잠긴 나도, 몸속에 갇힌 유전자도 참다가 한순간 밖으로 뛰쳐나올 수밖에 없는 격정의 열아홉 살을 살아가고 있었다.

내가 루쉰의 책을 돌려줄 때도 그녀는 내 손가락을 만졌다. 어느 순간부터 나는 책을 핑계의 도구로 삼았다. 그녀를 찾아가는 이유를 말로는 설명할 수 없었다.

– 느낌을 이해하기 위해 애쓸 필요는 없어. 설명할 필요도 없는 거고.

책과 손가락을 건네받으며 그녀가 말했다.

그녀의 말처럼 사랑을 이해한다는 것은 불가능한 일인지

모른다. 물론 사람을 이해하는 것도 쉬운 일은 아니다. 나는 느낌을 이해하려는 시도가 무모하다는 걸 안다.

어느 날, 그녀는 내게 더 이상 책을 돌려주지 않아도 된다고 말했다. 그 말 속에는 책을 빌려주는 일도 하지 않겠다는 뜻이 내포돼 있었다. 그녀와 나의 관계를 이어주던 핑계를 아주 없애겠다는 통보였다. 빌려준 책은 가져도 좋다고 그녀가 말했다. 나는 돌려주겠다고 했지만 그녀는 받지 않겠다고 했다. 이제 책을 통해 마음을 건네받을 수 없게 되었다.

그녀는 파리 여행길에서 만난 남자와 곧 결혼할 것이라고 내게 말했다.

– 넌 내게 소중해.

– 그런데 왜 결혼하는 거죠?

나는 얼굴을 붉혔고 그녀는 대답하지 않았다.

나는 휙 돌아섰다. 그리고 오던 길을 다시 걸으면서 허공을 향해 고함을 질렀다. 일 초만 참았으면 좋았겠지만 숨을 참는 순간부터 마음은 언제나 임계점이었기에 어차피 한 번은 터질 수밖에 없었다. 지나가던 사람들이 소리치는 나를 쳐다보며 수군거렸다. 그녀는 내 뒷모습을 가만히 바라보고 있었다. 나는 절대 뒤돌아보면 안 된다고 다짐하면서도 이런 게 다짐은 아니라고 자책했다. 그녀는 끝내 나를 붙잡지 않았다. 나는 질투를

알게 되었고 그녀와 헤어지면서 비로소 소년의 굴레를 벗어던
졌다.

26

솔숲은 봄만 되면 분주해졌다. 훈련을 위해 미군들이 몰려들었기 때문이다. 성규 누나가 사고를 당한 막사도 언제 그런 일이 있었느냐는 듯 미군들을 받아들였다. 실제로 미군들이 막사에서 잠을 자는 일은 거의 없었다. 간혹 잠을 자야 할 때는 거대한 음식 트레일러가 숲속에 정차했다. 동화 속 이야기처럼 트레일러에서는 햄버거, 핫도그, 콜라, 칠면조 고기, 소시지 같은 음식이 끊임없이 쏟아져 나왔다.

성규 아버지는 식당차에서 음식 찌꺼기를 수거해 가축에게 먹였다. 그는 매 끼니 양동이를 들고 딸이 목을 맨 소나무 옆을 지나다녔다.

– 나무를 베어 버릴까요?

숲에 들린 내가 성규 아버지에게 말했다.

– 놔둬라. 저 나무라도 살아 있어야 그 일을 잊지 않을 것 아니냐.

– 그래도 저 나무를 볼 때마다 자꾸 생각이 나서.

– 나도 예전에 나무 하나를 베기 위해 목숨을 걸었던 적이 있었지. 판문점 공동경비구역에서 미루나무 가지치기를 하다가 미군 장교 2명이 도끼에 맞아 죽은 일 때문이었어. 사흘 후 유엔군 사령관은 미루나무 절단 작전을 명령했고. 제1공수특전단이 투입되었는데 거기에 내가 있었지.

성규 아버지는 이후 사령부에서 사령관 부관으로 근무했다. 그리고 몇 년 뒤 군인들이 반란을 일으킬 때 끝까지 저항하다 반란군이 쏜 총에 허벅지 관통상을 입고 강제로 예편당했다.

얼마 전까지만 해도 성규 아버지에게서 이런 말을 들으리라고는 상상할 수도 없었지만 지금은 달랐다. 성규 아버지는 친구처럼 나를 대하는 것 같았다. 그것은 성규 곁에 오래도록 머물러 있어 달라는 부탁이었다. 부담스럽지 않다. 성규와 나는 여전히 친구이니까.

성규 아버지 말처럼 나무 하나를 베어낸다고 해서 나무와 얽힌 상처가 사라지는 건 아니다. 나무를 남겨 둠으로써 두고두고 아픔을 기억할 수 있다는 말도 일리가 있었다. 더군다나 아무것도 할 수 없는 약자의 입장이라면 슬픔을 잊지 않는 것만이 중요한 것인지 몰랐다. 분노의 도끼를 들고 전장의 한복판에 뛰어든 군인들은 판문점에 증오의 밑동만 남겨 놓고 나무를 베어버렸다. 분노의 흔적만 남긴 것이다.

성규는 징역 12년이 확정되었다. 누나가 폭행당한 일 때문에 우발적으로 저지른 범행이라는 점이 인정되었다. 나는 성규 아버지에게 다행이라고 말하고 싶었지만 그렇게 말할 수 없었다.

– 더 이상 나빠질 게 없으니 좋은 일만 있겠지.

성규 아버지가 말했다.

나는 성규 방에 걸터앉아 숲을 바라보았다. 성규 아버지가 음식 찌꺼기를 수거하기 위해 양동이를 들고 걸어가는 모습이 보였다. 소나무 옆을 지나갈 때 성규 아버지는 한동안 멍하니 서 있었다. 그 모습이 마치 소나무에 목을 맨 것처럼 보였다.

성규 아버지는 하루에도 몇 번씩 소나무 옆을 지나며 죽은 딸을 생각할 것이다. 자신이 목을 매는 상상도 했을 것이다. 다만 아무것도 모른 채 누워 있는 아내와 12년 후 집으로 돌아올 성규를 위해 소나무를 남겨 두고자 했던 것이다. 그때까진 살아남아야 한다고 생각하면서, 딸이 매달렸던 나무 옆을 가슴 치며 지나다니는 것이다.

27

울랄라 선생은 파리 여행에서 만난 남자와 오월에 결혼했다. 파리로 신혼여행을 간다는 소문이 들렸다. 결혼은 잘 아는 사람끼리 하는 것이라는 편견은 보기 좋게 깨져버렸다. 결혼한 후에 서로에 대해 알아가는 것도 나쁘진 않겠다는 생각이 들었다. 사실, 잘 안다는 게 뭔지 잘 모르겠다.

나는 그녀가 빌려주었던 책들을 다시 읽기 시작했다. 이상하게도 처음 읽었을 때의 감정이 되살아나지 않았다. 다시 읽어야 하는 건지 의문이 들기도 했다. 밤을 새워가며 읽어내고야 말았던 열정도 사라지고 없다. 이별이라고 말할 것도 없었다. 둘만의 비밀 그 이상도 이하도 아니었다.

나의 고통은 한동안 지속되었다. 그녀가 빌려준 책 중에 이해할 수 없는 말들로 가득했던 〈파우스트〉에 탈피하지 못하는 뱀은 죽는다는 구절이 보인다. 그 구절 아래 언더라인이 그어져 있었다. 책갈피가 얼룩져 있다. 나는 〈파우스트〉를 읽으면서도 그녀를 생각하며 내 몸을 만졌던 것이다. 나도 모르게 쓴웃음이 나왔다. 그녀를 이해하려고 노력한 적은 없다. 혼자 혹은 같이 본능적으로 매달렸을 뿐이다.

나뭇등걸에 몸을 부비는 뱀처럼 나는 탈피의 시기가 다가왔음을 느꼈다. 허물을 벗으면 스무 살이 되는 거다. 뱀에겐 탈피가 생존이 걸린 문제겠지만 나는 탈피의 방법에 관해서는 아는 게 없다. 그녀에게 내 마음을 부빌 때 이미 십 대의 허물을 벗은 건지도 몰랐다.

결혼식장에서 만난 경호의 표정은 밝았다.

– 구희야, 축하한다.

경호가 놀려대며 말했다.

경호 손에 이끌린 나는 신부 대기실로 찾아가 축하 인사를 건넸다. 그녀는 미소만 지을 뿐 아무 말도 하지 않았다. 그녀의 얼굴은 희고 붉었다. 생소한 느낌마저 들었다. 식당에서 만난 성규 담임은 내게 성규 소식을 물었다. 누구나 알고 있는 사실을 형식적으로 묻고 있었으므로 나도 형식적으로 대답했다.

결혼식장은 수원에 있었다. 밥을 먹고 결혼식장을 빠져나온 경호와 나는 무작정 수원에서 인천을 오가는 수인선 열차를 타고 소래포구에서 내렸다. 그리고 해 질 무렵까지 염전과 포구와 철길을 걸어 다녔다. 소금창고 처마 밑에 앉아 쉬면서 나는 가방에서 워크맨을 꺼냈다. 그리고 이어폰 하나를 경호 귀에 나머지 하나는 내 귀에 꽂았다. 게리 무어의 Parisienne Walkways가 흘러나온다.

1949년의 파리를 기억합니다.
샹젤리제 거리와 성 미셸
그리고 해묵은 보졸레 와인이 떠올라요.
오래전 파리에서는
당신이 내 사랑이었다는 것도 기억해요.

게리 무어의 이 곡을 나는 너무 좋아했다. 울랄라 선생을 알고 난 후에는 더욱더 그랬다. 그녀가 파리 여행에서 돌아오면 꼭 함께 듣고자 했으나 그럴 기회가 없었다.

10분이 넘는 긴 라이브 버전이었다. 경호와 나는 음악을 들으며 뻘기를 뽑아 씹으며 한참 동안 염전을 바라보았다. 물레방아처럼 생긴 수차 위에 올라간 염부가 계단을 밟듯 쉬지 않고 제자리걸음을 하며 바닷물을 염전 위로 퍼 올리고 있었다.

- 경호야, 우리도 제자리걸음만 하는 건 아니겠지?
- 제자리걸음이면 어떠냐. 걷고 있다는 게 중요한 거지.

경호는 붉은 거리에서 만난 은미 이야기를 했다. 그리고 4월에 치른 검정고시 시험에 모두 합격했다고 말했다. 대입시험을 치를 수 있는 자격이 주어진 것이다.

- 그래. 미래를 향해 끊임없이 움직인다는 게 중요한 거지.

경호 옷에 묻은 흙을 털어주며 내가 말했다.

나는 은미 이야기를 듣지 않았으면 좋았을 거란 생각이 들었다. 염전 위에서 돌고 도는 수차가 인간의 운명 같단 느낌이 들자 나도 모르게 한숨이 새어 나왔다. 교도소의 성규와 붉은 거리의 은미는 20킬로미터도 안 되는 거리에 있었지만 두 사람은 세상에서 가장 멀리 떨어져 있었다. 마음을 닫을 때 인간관계는 멀어지기 마련이다. 나는 경호에게 대입시험이 끝나면 함께 은미를 만나자고 했다. 그리고 셋이 함께 성규에게 면회를 가면 좋겠다는 바람도 덧붙였다.

해가 지는데도 수차 위의 염부는 여전히 제자리 걷기를 하고 있다. 걷고 또 걸어도 제자리다. 수차 기둥을 잡은 두 손을 놓는다거나 혹은 돌아가는 수차 위에서 계속해서 걷지 않는다면 염부는 곧장 염전 바닥으로 곤두박질칠 것이다. 마치 이런 게 생이라고 말하는 것처럼 염부의 발밑에서 수차가 고되게 철벅거렸다.

28

성규가 없다고 내가 솔숲에 가야 할 이유마저 사라진 것은 아니다. 솔숲엔 여전히 성규의 흔적과 갈 길 잃고 멈춰 있는 우리의 시간이 고여 있다. 무엇보다도 성규 아버지가 성규를 기다리며 살아가고 있었다. 경호와 내가 솔숲에 들린 것은 성규 방에서 〈폭풍의 언덕〉을 챙겨오기 위해서였다. 물론, 성규 아버지에게 성규 면회에 관한 얘기도 할 것이다.

성규 누나가 목을 맨 소나무에 소 한 마리가 묶여 있었다. 가지를 모두 쳐내고 기둥처럼 몸뚱어리만 남긴 그 나무였다. 그것만이 이전과 달라진 풍경이었다. 나중에 성규 약으로 쓸 것이라고, 묶인 소를 쳐다보며 성규 아버지가 말했다. 죽음이 매달렸던 곳에 삶의 이유가 묶여 있는 것이다. 성규가 출소할 때까지 기다리려면 오리나 돼지보다 훨씬 오래 사는 짐승이 필요했을 것이다. 어떻게 약으로 쓸 건지 묻지 않았다. 나무에 묶인 소가 성규 아버지의 유일한 대화 상대일 것이라는 생각이 들었다.

〈폭풍의 언덕〉은 성규가 은미에게 생일 선물로 주기 위해 구입한 책이었다. 은미가 성규에게 되돌려 주었고 성규가 감옥에 갇히게 되면서 책 또한 방에 갇히게 되었다. 성규는 되돌아온 책을 눈에 잘 띄는 곳에 꽂아두었다. 그러나 책꽂이에서 책을 꺼내 읽지는 않았다. 우리의 추억이 그런 것처럼 책은 거의 책꽂이에 꽂힌 채 일생을 보낸다.

— 책이라도 읽을 수 있으니 다행이구나.

성규 아버지가 말했다.

— 답답하다고 느끼면 정말 감옥이 될 테니까요. 공부도 할 수 있고 대입 시험도 칠 수 있대요.

내가 조금은 희망 섞인 말투로 대답했다.

성규는 책을 펼치면 은미에게 전한 마음마저 날아갈까 봐 걱정했을는지도 모른다. 책을 사 온 날 성규는 표지에 손때가 묻을까 봐 손을 씻고 정성스럽게 책을 포장했었다. 감옥에 갇혔다고 해서 누군가를 위해 책을 고르던 마음마저 갇히는 건 아닐 것이다.

– 너희들이 곁에 있어줘서 고맙구나.

– 죄송해요. 성규를 위해 할 수 있는 게 없네요.

– 아니다. 너희 얼굴이라도 보는 게 큰 힘이지. 누나 먼저 보내놓고 그놈 속은 또 얼마나 아팠겠니.

지난봄, 성규는 재판 중 변호사 변론을 통해 누나의 죽음을 알게 되었다. 그날 성규는 면회실 창살문을 이마로 들이받으며 자해를 했고 아버지가 보는 앞에서 피를 흘리며 밖으로 끌려나갔다. 그날 이후 성규가 아버지 면회를 거부하고 있다고, 성규 아버지가 눈물을 글썽이며 말했다. 자식에게 불행을 물려주었다는 죄책감에 빠진 부모에겐 자식 이름 자체가 고통일 것이라는 생각이 들었다. 성규 아버지가 그랬다.

경호와 나는 아무 말도 할 수 없었다. 같이 먼 곳을 바라보면서, 그것이 운명인 양 나무에 묶여 있는 소처럼 젖은 눈만 껌벅거릴 뿐이었다. 원래 타인의 비극은 나의 아픔보다 작게 느껴진다. 내가 묶인 소의 처지를 두고 소의 아픔보다 성규의 아픔을 확인하는 것처럼 말이다.

성규 아버지에게 인사를 하고 걸어 나올 때 훈련 중인 헬리콥터가 공중에 낮게 떠 정지해 있는 게 보였다. 공중에 멈춘 채

고개를 끄덕이는 헬리콥터처럼 경호와 나는 몇 번이나 뒤돌아
보며 성규 아버지를 향해 고개 숙여 인사를 했다.

29

다시 겨울이 왔고, 스무 살을 앞둔 우리의 미래는 조금씩 경우의 수를 줄여가고 있었다. 어른이 된다는 건 다른 사람들과 같아진다는 뜻이다. 지금은 어른들과 다르다고 생각하겠지만 아마도 나중엔 그들과 같아지기 위해 기를 쓰게 될 것이다. 점수든 행복이든 우리는 언제나 평균 이하였으니까. 물론, 불행과 불안과 불만은 언제나 평균치 이상이었다.

경호는 검정고시를 통과해 나와 같은 날 대입 학력고사를 치렀다. 성규는 형량이 확정되었고 은미는 소식이 끊겼다. 학력고사

점수가 발표되던 날 경호는 작정하고 포경수술을 했다. 경호를 따라 병원에 간 나도 얼떨결에 같이 수술을 해버렸다. 경호는 수술 전 의사에게 하는 김에 정관 수술까지 해달라고 우겨댔다. 곧 입대할 것이고 나중에라도 자기는 아이를 낳아선 안 된다고 애원했지만 의사는 경호의 부탁을 들어주지 않았다. 사실 우리는 모두 유전자에 대한 불안과 불만을 갖고 있었다. 아버지와 같은 아버지가 되느니 차라리 아이를 낳지 말자고 우스갯소리로 결의한 적도 있다. 아버지의 불행이 의도된 것은 아니었지만 우린 모두 불행 유전자가 대를 잇는다고 믿었다.

－ 아프냐?

수술실 밖에서 겁을 집어먹고 대기하고 있던 내가 수술을 마치고 나오는 경호에게 물었다.

－ 아프다.

－ 먼저 할걸.

처음엔 내가 늦게 수술실에 들어가는 게 좋았는데 막상 수술을 마치고 나오는 경호를 보니 내가 먼저 할 걸 그랬다는 후회가 들었다. 그 반대의 경우도 많았고 모든 일이 비슷했다. 그것이 무엇이든 남보다 먼저 하거나 늦게 하거나 간에 후회가 밀려왔다. 사회적 책무는 순서대로 찾아왔지만 불행과 죽음은 순서를 두고 찾아오지 않았기에 우리가 겪어야 할 삶의 순서가 뒤바뀌곤 했다.

유전자 통로를 조금 잘라내는 것으로 성인식을 치른 경호와 나는 겨우 대학에 합격했다. 대학 역시 일종의 통로였고 터널이었다. 길은 여러 갈래였으나 세상의 열아홉 살들은 대학이라는 터널로 모여들었다. 어른들은 오직 그 길만이 평탄한 삶을 보장받는 지름길이라고, 터널 끝에 밝은 미래가 있다고 가르쳤다. 자신들도 터널 속에 있으면서 아이들을 터널 속으로 인도했다. 무리 지어 절벽 아래 바다로 뛰어드는 레밍처럼 우리는 앞사람 등짝만 쳐다보며 절벽을 향해 뛰어갔다.

은미가 남몰래 성규 면회를 다녀갔다. 그날 밤, 성규는 또다시 벽에 머리를 박으며 자해를 했다. 이번엔 몇 바늘 꿰매고 말 상황이 아니었다. 성규는 절벽 위에 서 있었다. 그는 혼자였다. 그를 따르는 자도 앞서간 자도 없었다. 바다로 뛰어드는 순간에도 레밍은 외롭지 않았을 것이다. 그러나 성규는 날마다 혼자 절벽 아래로 뛰어내렸다.

성규가 구급차에 실려 병원 응급실로 실려 갈 때 라디오에서 성규가 즐겨 부르던 노래가 흘러나왔다. 내 단 하나의 소원, 몇 해 전 해변가요제 수상곡이었다. 성규는 눈을 감고 노래를 부르던 시간 속으로 달려갔다. 숲속의 방에서 기타를 퉁기며 은미에게 불러주던 노래였다. 기타와 노래, 친구 외에 아무것도 필요하지 않았던 시간들이 찢긴 머릿속에서 떠올랐다 사라졌다. 운전사와 교도소 간수가 라디오 채널을 두고 잠시 다투었지만 노래는 그치지 않았다.

구급차는 솔숲 사이로 난 눈 덮인 길을 달려갔다. 천안교도소에서 가까운 큰 병원에 가기 위해서는 지름길인 솔숲을 통과해야만 했다. 앰뷸런스에 누운 성규는 자기 집 앞을 지나가는지도 몰랐다. 심장이 급하게 뛰는 것만 느껴졌을 뿐이었다. 여전히 성규 엄마는 방 안에 누워있을 것이고 아버지는 엄마 약을 달이고 있을 것이다. 새끼 염소들은 내리는 밤눈을 바라보며 어미 곁에서 울고 있을 것이다.

깊게 팬 상처를 꿰맨 후 의사는 하루 이틀 지켜보자고 했다. 간수들의 감시 속에서 성규는 이틀 동안 병원에 입원해 있었다. 간수들은 성규 이야기가 밖으로 새어나가는 것을 원하지 않았다. 수감자 가족에게 알리지 않았는데, 교도소장 지시를 받은 듯했다. 이틀 내내 눈이 내렸고 성규와 두 명의 간수는 아무 일도 없었던 것처럼 병원에서 이틀을 보냈다.

교도소로 돌아갈 때는 교도소 구급차 대신 병원 앰뷸런스를 이용해야 했다. 병원 앰뷸런스는 좀 더 넓고 안락했다. 간수들도 한결 느긋해졌고 주먹과 손목에 난 깊은 상처 때문에 성규에게 수갑을 채우지는 않았다. 이동식 병상에 누운 채 성규는 구급차에 실려 이틀 전 지나온 길을 다시 돌아가야 했다. 물론, 이번에도 솔숲을 지나가야 한다. 성규는 병원에 도착한 후에야 솔숲을 지나온 것을 알게 되었다. 갑자기 심장이 뛰던 이유가 그 이유 때문일 것이라고 생각했다. 누워있던 성규는 앉아서 바깥을 보며 갈 수 있도록 해달라고 옆에 앉은 간수들에게 요청했다. 서로 얼굴을 쳐다보던 간수들은 고개를 끄덕이더니 성규를 바로 일으켰다. 눈 쌓인 평택역 광장과 불 꺼진 붉은 거리가 보였다.

아산만으로 이어진 천변 하늘이 어두웠다. 천변을 따라 조금 더 내려가면 낚시터가 있는 내리라는 이름의 마을이 나온다. 성규와 경호와 내가 천변에 텐트를 치고 낚시를 하며 라면을 끓여 먹던 곳이다. 그 모든 추억이 스며있는 곳을 성규는 차창 너머로 구경만 하고 지나갔다. 당장이라도 멈추면 자세히 볼 수 있고 만질 수 있는 것들이 멀어져 갔다. 다시 돌아올 수 없을지도 모른다고 성규는 생각했다. 언제나 떠나기를 소망했지만 다시 돌아오지 못할 거란 생각이 든 적은 한 번도 없었다. 손만 내밀면 만질 수 있었던 풀과 나무와 강물과 엄마와 아버지와 새끼 염소가 이젠 모두 교도소 담장 밖에 있다. 누나마저 만질 수도 없는 머나먼 곳으로 떠나버렸다. 성규는 슬펐다. 어떻게 살 것인가를 생각해야 할 나이에 어떻게 죽을 것인가를 고민하는 자신이 원망스러웠다.

앰뷸런스가 낚시터를 벗어나자 너른 활주로가 눈에 들어왔다. 떠오른 비행기들은 언젠가는 땅에 내려야 한다. 다시 집으로 돌아와야 한다. 그것이 비행기의 운명이다. 비행기가 집으로 돌아오지 못한다면 그 이유는 오직 하나 지상으로 추락했을 때일 뿐이다. 성규는 힘을 잃고 서서히 추락하고 있는 자신을 느꼈다.

– 악!

석양을 향해 낮게 날아오르는 비행기를 보며 감탄사를 연발하던 기사의 비명이 들림과 동시에 앰뷸런스가 눈길에 미끄러졌다. 앰뷸런스는 활주로 경계 철망을 들이받고 비탈을 두 번이나 굴러 눈 덮인 논바닥에 처박혔다. 신음 소리가 들렸으나 간수들 것인지 기사의 신음인지 구분할 수 없었다. 성규는 깨진 차창을 통해 밖으로 기어 나왔다. 간수 하나가 차 밖으로 튕겨 나와 논바닥에 쓰러져 있는 게 보였다. 죽은 것 같지는 않았다. 성규는 비탈을 기다시피 해서 겨우 길 위로 올라왔다. 수갑을 차지 않았지만 환자복 차림에 이마에 붕대를 감고 있는 모습이 어느 모로 보나 정상인의 복장은 아니었다. 성규는 활주로를 따라 걷기 시작했다. 오래전 걸어본 적 있는 익숙한 길이다. 활주로 옆길만 따라 걸어가면 솔숲에 닿을 수 있었기에 성규는 불안하면서도 한편으로 안도감이 들었다. 아버지를 따라 처음 솔숲에 정착했을 때 낮게 날아가는 비행기를 쫓아 무작정 걸어 나섰던 길이기도 했다.

아산만 너머 서해로 해가 지고 있었다. 석양을 등에 지고, 불빛을 깜박거리며 비행기가 돌아오고 있다. 성규는 집으로 돌아오는 비행기가 부러웠다. 자신도 집을 향해 걸어가고 있지만 지금은 도망자일 뿐이다. 도망자의 집은 도망자에겐 출구가 아닌 막다른 곳이다. 도망자의 추억과 경찰의 추적이 함께 도망자를 기다리고 있을 것이기에. 성규는 엄마가 마중 나오곤 했던 어린 시절 하굣길을 떠올렸다. 엄마는 언제까지나 자식을 기다려주는 사람인 줄로만 알고 있었던 그 시절이 그리워졌다.

미군부대 정문을 피해 솔숲 집에 도착한 성규는 자기 방에 들어가 책상 위에 놓여 있는 하얀 찻잔을 두 손으로 들었다. 뚜껑 덮인 찻잔 속에는 아버지가 성규를 위해 남겨둔 누나의 유골 한 줌이 들어 있었다. 찻잔은 누나가 좋아했던 조지아 오키프의 꽃 그림 옆에 마치 한 잔의 차인 양 놓여 있었다. 면회 온 아버지가 누나의 죽음을 전하며 유골 한 줌을 방에 남겨두었다는 말을 들었을 때, 성규는 가슴이 터져 곧 죽을 것만 같았다.

찻잔은 차가웠다. 그토록 동생을 생각했던 성규 누나가 한 줌

뼛가루가 되어 성규의 빈방을 지키고 있는 것이다. 살아서 따뜻한 차 한 잔 제대로 대접받지 못했던 한 사람의 인생이 가루차가 되어 찻잔에 담겨 있었다. 이런 재회가 무슨 소용이란 말인가. 성규는 슬픔을 주체하지 못하고 찻잔 위에 굵은 눈물을 떨구었다.

경찰서와 주변 파출소, 미군부대에 비상이 걸렸다. 살인범이 탈주했다는 소식이 퍼져 나갔다. 사고 현장에 출동한 한국 경찰과 미군 경비대가 활주로 주변을 수색했지만 성규가 현장을 벗어난 지 한참 지난 후였다.

찻잔을 책상 위에 내려놓고 방을 나온 성규는 안채로 건너가 안방 문을 열었다. 성규 아버지와 엄마가 나란히 잠에 빠진 듯 누워 있었다. 뭔가 이상했다. 엄마는 누워 있더라도 아버지는 깨어 있어야 했다. 두 사람이 영영 잠들었다는 것을 알아채기에 그리 오랜 시간이 필요하지 않았다. 엄마가 숨을 거두자 아버지도 엄마를 따라 잠든 것 같았다. 성규는 아버지의 눈을 감겨 드렸다. 아버지는 비로소 집으로 돌아온 아들을 만난 것이다.

이불을 바르게 덮어드린 후 방을 나온 성규는 가지 잘린 소나무에 묶여 있는 소의 고삐를 풀어주었다. 고삐 풀린 소가 도망가지 않고 나무 곁에 멍하니 서 있다. 성규가 생각하는 자유는 이런 게 아니었다. 막막했고 서로 적막했다. 성규는 소 옆에

서서 어두워진 하늘을 한참 동안 바라보았다.

다시 감옥에 가야 할 이유가 사라졌다. 모두 죽었으므로 가족을 다시 만날 수 있는 방법이 분명해졌다. 성규는 비로소 진정한 자유의 의미를 깨달았다.

성규는 창고에서 낫을 챙겨 들고 초소를 향해 걸어갔다. 초소 안은 밖에서도 훤히 보이는 구조였다. 조용히 초소에 걸린 나무 사다리를 타고 올라가 문을 두드렸다. 졸고 있던 경비원이 얼떨결에 문을 여는 순간 성규는 재빨리 초소 안으로 몸을 디밀었다. 낫으로 위협해 경비원의 곤봉을 빼앗은 성규는 초소 유리창을 모두 깨버렸다. 비로소 솔숲의 바람이 성규를 반갑게 맞이해 주었다. 잠시 후 경찰과 미군 경비대가 요란한 불빛을 숲에 던지며 초소 옆 공터로 몰려들었다. 성규는 보란 듯이 무릎 꿇은 경비원의 목에 낫을 대고 노래를 불렀다.

내 단 하나의 소원
저녁녘 고요 속 바닷가로 돌아가고파
숲 가까이서 조용히 잠들고 싶어

경찰들이 초소에 다가가 성규를 설득했지만 성규는 그들의 말을 듣지 않았다. 성규는 경비원을 해칠 생각이 없었다. 다만,

미군 경비대 저격수에게 방아쇠를 당길 수밖에 없는 명분을 만들어 주고 싶었다.

성규는 사람을 죽인 죗값을 치르고 또한 고통뿐인 삶을 마치고 싶었다. 감옥에서 형기를 마치고 집으로 돌아온다고 해도 누가 그를 기다리고 있을 것인가. 죽은 가족은 모두 집 밖에 있는데, 빈집으로 돌아오는 날부터 성규는 또 다른 감옥에 갇히게 될 것이다. 죽음만이 현재와 미래의 그 모든 고통에서 벗어날 수 있는 유일한 방법이라고 성규는 생각했다.

노래를 흥얼거리는 성규의 귀에 아무것도 들리지 않았다. 곧 다시 가족을 만날 수 있다고 생각하니 두려움조차 사라졌다. 성규 손에 들린 시퍼런 낫이 조명에 반사돼 번쩍거렸다. 맞은편 초소에 올라 낮게 몸을 숨긴 저격수가 진작부터 성규 머리에 총구를 조준하고 있었다. 물론, 그것은 성규가 바라는 일이기도 했다.

노래를 마친 성규가 인질을 죽이겠다고 소리치며 긴장을 고조시켰다. 그리고 환한 조명등 아래쪽으로 몇 걸음 옮긴 후 한 손으로 경비원의 머리채를 잡고 번쩍이는 낫을 쳐들었다. 순간 총소리가 울렸다. 총알은 정확하게 성규의 두개골을 관통했다. 털썩, 총에 맞은 성규의 몸이 힘없이 초소 아래 바닥으로 떨어졌다. 바닥에 엎어진 성규는 눈을 뜬 채 집을 바라보고 있었다.

총소리에 놀란 소가 성규네 집 안으로 들어갔다.

궤도를 이탈한 아버지로 인해 가족과 함께 숲속에 불시착했던 성규, 다시 세상 속으로 돌아가기 위해 고장 난 꿈을 수리해 이륙했던 성규는 하늘 높이 날아오르지 못했다. 학교와 감옥의 고독을 참고 견디며 있는 힘을 다해 날았으나 끝내 숲속의 집을 바라보며 지상으로 추락하고 말았다.

우리가 모르는 숲속의 한 가족이 이렇게 날과 함께 저물어 갔다.

이 도서는 한국출판문화산업진흥원의 출판콘텐츠 창작 자금 지원 사업의
일환으로 국민체육진흥기금을 지원받아 제작되었습니다.

옆집에 사는 앨리스
Living Next Door to Alice

ⓒ박후기 2018

초판 1쇄 발행 2018년 12월 25일

지은이 박후기

펴낸곳 도서출판 가쎄 [제 302-2005-00062호]
주소 서울 용산구 이촌로 224, 609
전화 070. 7553. 1783 / **팩스** 02. 749. 6911
인쇄 정민문화사

ISBN 978-89-93489-79-8 03810

값 13,800원

www.gasse.co.kr
berlin@gasse.co.kr